François
le rêve suicidé
roman

Éditeur et distributeur:
    Éditions de la Paix, enr.,
    125 Lussier,
    St-Alphonse-de-Granby, Qc,
    JOE 2AO
    Tél.: (514) 375-4765

Typographie électronique, montage et couverture:
    typo-M,
    1355, rue Sainte-Catherine Est, Montréal H2L 2H7
    Tél.: (514) 523-2626

Impression:
    Payette et Simms, Saint-Lambert

Dépôt légal 4e trimestre 1986
Bibliothèque Nationale du Québec
Bibliothèque Nationale du Canada

ISBN 2-9800785-0-6

1999

Jean-Paul Tessier

François
le rêve suicidé
roman

Éditions de la Paix

Toute ressemblance avec des lieux, événements ou personnages connus serait tout à fait fortuite et due au seul fait du hasard.

La faute à qui?...
Jamais de coupables.
Il n'y a que l'amour
mal exprimé.

Yves Navarre, in
Pierre de Kurwénal

Je vais vous raconter son histoire, notre histoire, à sa demande, d'ailleurs. Si l'émotion me gagne et que ça vous déplait, passez quelques pages. Si l'émotion vous gagne, demandez-vous si François ne pourrait pas être votre fils, ...votre ami, ...votre amant. Puis écoutez-le quand son regard sera vissé sur vous ou qu'il fuira le vôtre. Ne vous préoccupez pas de l'eau de la baignoire qui refroidit ou de l'émission préférée qui commence. Ne soyez pas de ces branches mortes au bas d'une épinette qui servirent de marches pour un échafaud. Veillez une heure avec lui de peur que ce ne soit sa dernière. De peur qu'à un jet de pierre de votre tranquillité, il n'aille plonger dans le silence éternel, dans un lac sans fond où poussent des nénuphars.

L'ÉTÉ SERA CHAUD

I

LES PROMESSES

— Ils tiennent à ma vie, hein? Ils tiennent à moi!... Trois, quatre essais; trois, quatre messages. Pas de provocation, à peine un appel. Tout juste une expiration.

Puis, ce fut le 24 décembre. Il avait 18 ans.

*   *   *

Quand François fut menacé d'expulsion de l'école pour de trop nombreuses absences et costume inadéquat: bottines de travail, jeans trop serrés et cheveux trop longs, il a fait scandale pour beaucoup. Il fallait choisir entre le conforme et le non conforme, entre la tradition et une personne. Que de discussions fouillées! questions existentielles! sourires narquois et gros yeux autoritaires! ...Mais peu de temps. Son père a fait sa crise lors de sa visite hebdomadaire. Il a subi. Bien sûr, il est anormal d'arriver à l'école avec des jeans serrés. Mais il est très normal d'y arriver avec un oeil au beurre noir ...parce que battu par son père. Il avait 17 ans. De cela, personne n'en a parlé. François était trop fier pour me le dire. Seul son ami Claude m'a livré le secret. Moi, j'ai choisi François et ses cheveux. J'ai rejeté le père et sa crise. ...Et le Directeur. Je venais de me condamner.

Quelques jours plus tard, François ne revenait plus à l'école. Terminé à tout jamais. Pour beaucoup, l'affaire était classée. Pour moi, elle ne faisait que commencer.

Par Claude qui avait toute confiance en moi, j'ai réussi à obtenir quelques informations. François avait quitté sa famille et se cachait quelque part en ville pour travailler.

— Tu me connais assez, Claude, pour savoir que je ne veux pas causer de problème à François. Je veux l'aider. Rassure-le à mon sujet et demande-lui de me téléphoner chez moi dès qu'il le pourra.

J'ai communiqué avec les parents pour leur donner des nouvelles et leur dire que j'essayais de retrouver leur fils.

— Seulement, si vous voulez savoir où il est et quelle personne me renseigne, vous n'en saurez rien, car j'ai promis le silence.

— Est-ce qu'il va bien, me demanda la mère, a-t-il tout ce qu'il lui faut? Il n'a pas fait de mauvais coups, au moins!...

— Non, madame. François est très bien, en bonne santé et il travaille. C'est l'information que j'ai eue.

— Vous savez, monsieur le professeur, on a

bien de la misère avec lui. Ce n'est pas la première fois qu'il fugue. Puis sa soeur qui a tellement de succès à l'école! Lui, pas moyen de faire étudier ça. C'est seulement de s'en aller avec ses amis ou d'aller travailler ailleurs. Quand il revient, pas moyen de rien savoir. On sait même pas s'il se drogue. Il a seulement 17 ans, vous savez... On se demande bien ce qu'on va faire avec lui.

– Des succès à l'école, ce n'est pas essentiel dans la vie, madame. L'école n'est pas faite pour tout le monde. Elle est faite pour une certaine classe sociale. Les enfants des autres classes sociales n'y sont pas très heureux. Et avec raison.

– Mais il pourrait étudier un peu plus, s'habiller comme du monde...

– Sa chemise de chasse qu'il portait à l'école et qui faisait chiâler quelques professeurs, ce n'est pas l'essentiel dans la vie d'un homme ou d'une institution. La personnalité, le coeur de François – son bonheur – sont autrement plus importants que le nombre de carreaux sur sa chemise. Il est heureux quand il travaille sur une terre ou dans le bois, pourquoi le tenir enfermé dans une boîte à beurre monastique qu'est l'école? Ça finit par des drames comme son oeil au beurre noir. Une humiliation qu'il n'est pas près d'oublier.

– Son père s'est emporté...

La mère, gênée, ne savait trop que dire... Ironiquement, j'ai ajouté:

– François a dû sentir souvent l'affection de son père...

– Si François parlait un peu plus aussi, on le comprendrait un peu mieux!

– C'est sûr, madame. Mais il y a peut-être des raisons à ça. Et ça remonte sûrement plus loin que le dernier coup de poing. Et puis, François est d'un naturel plus fermé. Il n'est pas méchant pour autant. Il faut le comprendre, manoeuvrer avec ce qu'il est. Si la porte est fermée, chercher une fenêtre. Il est toujours une fissure où filtre la lumière.

– Ce n'est pas facile ce que vous dites là, s'empressa de me répondre la mère, en manière d'excuse. Puis son père qui n'est jamais là!...

– Je vous comprends, madame, mais à 17 ans, un gars sérieux, responsable, travaillant comme François, pourquoi ne pas lui accorder un peu plus de confiance, lui laisser un peu plus de vie privée?

– ...Peut-être... finit-elle par acquiescer.

– En tout cas, madame, j'essaie de rester en contact avec François et je vous tiens au courant.

– Monsieur le professeur, on vous remercie beaucoup pour tout ce que vous faites pour nous autres et pour François. Si tous les professeurs étaient comme vous!...

C'est seulement plus tard que j'ai appris la réalité. François travaillait dans la cuisine sale et surchauffée d'un petit restaurant minable. Il y prenait ses repas à la sauvette tout en travaillant, et la nuit, couchait sous le comptoir. François n'ayant pas de linge de rechange était devenu très sale et pitoyable. Le propriétaire, devant le risque qu'il courait, ne crut pas devoir faire davantage et laissa le jeune dans sa misère. C'est ainsi que François, recevant mon invitation par Claude, communiqua immédiatement avec moi. Le lendemain, j'allais le chercher à son petit restaurant et l'amenais chez moi, sur ma petite ferme à l'Ange-Gardien. Pour d'abord le laver et le nourrir un peu. Au début, il s'est senti très gêné, nerveux. Un professeur dans une classe et dans sa cuisine: c'est bien différent. Rassuré, l'émotion prit le dessus. Se sentir enfin propre et rassasié!... Je comprends: plus de trois quarts d'heure sous la douche et après tout ce qu'il avait mangé... La fatigue accumulée bientôt se manifesta. Lui offrant la petite chambre, presqu'aussitôt, il fut endormi. Du salon, puis de ma chambre, j'ai veillé sur son sommeil, accompagné affectueusement ses longues respirations, assisté à toute cette décantation de ses misères, souffrances et humiliations. Les quelques fois dans ma vie où j'ai eu cet honneur de rendre un peu de leur dignité à des êtres humains, j'ai toujours vécu ces grands privilèges comme des moments d'exaltation que je n'oublierai jamais.

Le lendemain, en revenant de l'école, François m'a ouvert la porte et accueilli comme un dieu. Il ne fournissait pas à être heureux. Il ne tenait pas en place, ses yeux pétillaient comme des novas, la tendresse lui coulait de la figure comme d'une source intarissable. Il m'a donné la main et piétinait, gauche, tout gêné. Il n'arrivait pas à me dire le bonheur et la reconnaissance qui rayonnaient pourtant tout autour de lui. J'ai dû l'aider.

— Bon, viens t'asseoir, François. Es-tu bien reposé? As-tu mangé un peu aujourd'hui?

— Ah oui, Michel! Si tu savais comme ça m'a fait du bien! Si tu savais comme je suis bien, ici!

Sa voix s'était mouillée. Il a changé de place, est venu s'asseoir près de moi et a éclaté en sanglots. Il n'a pas caché sa figure, ne s'est retenu en rien. La vérité toute nue, tout son corps sans respect humain, toutes ses larmes sans honte, offertes. Tout son bonheur, toute son émotion sans cachette.

J'ai mis ma main sur sa main. Une fois calmé, de tout son coeur:

– Merci, Michel!

– François, prendrais-tu quelque chose... une bière peut-être?

Il se leva et alla s'en ouvrir une. Maintenant assis en face de moi,

– Michel, je n'ai jamais été aussi bien de toute ma vie.

– Que tu me fais plaisir, François! Tu le mérites bien.

Interloqué,

– Je le mérite?...

– François, tu es un des meilleurs gars que je connaisse. Droit, honnête, travailleur, sincère. Que demander de plus?

Après une hésitation, surveillant bien ma réaction:

– Je ne suis pas aux hommes, tu sais.

Imperturbable, je lui répondis:

– A mes amis, je ne demande pas d'être aux hommes. Je leur demande d'être heureux.

Encore une fois, il est resté bouche bée. Comme pris en défaut. Pour détendre un peu l'atmosphère,

– François, veux-tu, on va être des amis?

Oh! il n'a pas eu besoin de répondre. Dans un bond, il est revenu s'asseoir près de moi. Il a pris ma main, l'a serrée très fort. Je suffoquais de plaisir. Après quelques instants de cette délectation, je lui proposai soit de préparer le souper, soit de venir m'aider à faire le train.

– Je vais t'aider au train. Je vais apprendre: on ne sait jamais...

Il venait de m'ouvrir une porte grande

comme la porte de la tasserie de foin. Je reçus ce courant d'air comme une douce brise de printemps.

Il a compris tout de suite mes explications et deviné tout le reste. Prévenant, serviable, ce François n'était pas tombé de la dernière pluie. Sûrement beaucoup plus habile que moi pour ces choses concrètes. Pendant tout le souper, il brûlait de me dire quelque chose. Je l'attendais. Je lui laissais de grandes pistes de silence pour prendre son envol. Peine perdue: il n'arrivait pas à décoller. Ce fut pendant la soirée, devant une télévision qu'il regardait sans écouter,

– Michel, t'aurais pas besoin de quelqu'un pour t'aider sur la ferme?

Sans me regarder. Je suis certain qu'il savait sa phrase par coeur depuis le temps qu'il la tournait dans sa bouche. Il me l'a débitée sans aucune intonation, feignant une certaine indifférence. Bien normal que tout cela. Je jouais mon jeu, il jouait le sien.

– Bien sûr, François, que ce serait très agréable. Il faudrait s'en parler, consulter tes parents...

Ce fut la douche froide.

– ...Bien sûr, mes parents!..., ajouta-t-il très agacé et avec un geste d'impatience.

– François, si on faisait un marché: on en parle à tes parents puis je te prends à l'essai. S'ils sont d'accord, pas de problème. S'ils ne veulent pas, on verra à ce moment-là. Qu'en penses-tu?

Il hésitait. Je continuai:

– Je crois que ça va aller, François, parce que je suis en très bons termes avec tes parents. Demain, je te ramènerai à Saint-Valérien et tu te rendras chez vous, propre et reposé. Tu diras à tes parents que je veux t'engager et que je les appelle-rai après la classe. Ainsi, ils penseront que tu viens de ton travail où tu devais être bien logé et bien nourri. On ne leur dira pas que tu viens d'ici. Je suis certain qu'ils vont être d'accord.

François finit par accepter à la condition que j'aille le chercher au dépanneur après mon travail afin de ne pas arriver seul chez ses parents. Il avait peur, même s'il savait que son père n'y serait pas.

Puis nous avons fini par nous coucher. Cha-cun dans sa chambre. J'entretenais quand même de sérieux doutes sur son «Je ne suis pas aux hommes». Qu'il le fut ou non, l'important était qu'il se sente respecté, aimé. Il le méritait tellement! Un enfant battu à 17 ans... non, il n'y a rien que je ne ferais pas pour lui. D'autant plus que pendant le jour, il n'avait pas fouillé mes tiroirs, tâté mes clés, sondé mes serrures. Il avait respecté mes secrets, ma sécurité. Honnêteté. Le lendemain, tel que convenu, j'ai téléphoné aux parents pour leur dire que je leur ramenais François et leur pro-poserais un marché. Bien sûr que seule la mère était là.

— Je suis Michel Nolin. J'enseigne au Centre Professionnel Yamaska. C'est moi qui vous ai téléphoné. Chaque printemps, j'ai besoin d'engager quelqu'un pour ma petite terre à l'Ange-Gardien. J'ai pensé à François. Je m'entends bien avec lui. Je crois qu'il pourrait faire l'affaire.

— Comment faites-vous pour l'endurer?... Ici, il ne fait que des mauvais coups.

— Je suis prêt à prendre le risque, Madame. D'ailleurs, c'est seulement un essai. Ensuite, on verra. Mais j'ai bonne confiance.

Au départ, des adieux touchants à un petit

chien bien malheureux. Et si petit! Si nerveux! Un frisson à quatre pattes. François sentait et respectait les plus petits, les plus malheureux. Quand on prend parti pour les faibles, qu'on vit l'empathie, peut-on connaître la tranquillité?... Nous sommes partis: nous venions de fixer à l'avance le 24 décembre. Je l'ai perçu, mais je n'ai pas su. Même si j'avais pu, j'aurais fait le même choix. François était déjà mon ami et les quelques jours de bonheur qu'on entreprenait valaient bien pour moi les persécutions qu'ils nous préparaient.

C'est ainsi que François s'est retrouvé chez moi. Il ne se contenait plus. Je crois que si je lui avais demandé la lune, il me l'aurait décrochée. Mes premières recommandations: le train à faire soir et matin puis les sucres à préparer.

– Si tu as des problèmes urgents pendant mon absence: nos voisins, les Martel. Toujours prêts à rendre service; tu vas voir, ce sont des gens extraordinaires. Et leur grand Guy: un petit homme merveilleux déjà plein d'expérience. Comme toi.

François sourit et se mit au boulot.

– Ne viens pas faire le train, ce soir, me dit-il, laisse-moi m'essayer pour voir si je ferai tout comme il faut. Prépare-moi un bon souper, à la place.

Il a fait honneur au travail et au souper. Ça, j'en étais sûr. Dans la soirée, je lui ai demandé, à brûle-pourpoint:

– Comme ça, François, tu savais que j'étais gai?

– Bien oui. Tous les élèves le savent à l'école.

– Bien sûr que tu es libre, François, mais si

jamais ça te tente d'essayer quelque chose, tu me le dis. Tu peux compter sur toute ma discrétion.

Après un moment, j'ai ajouté:

J'aimerais beaucoup te faire plaisir.

Tout simplement, il s'est levé et approché de moi. Je me suis levé et il m'a embrassé. La bouche presque fermée. Seulement un petit bout de langue titillante qui agaçait mon petit bout à moi.

Enfin, je serrais sur mon coeur, ce bel athlète. Depuis le mois de septembre que je rêvais à cette impossible étreinte. Mes mains caressaient son dos si large recouvert d'un tapis de muscles mouvants, ses épaules rondes et si pleines, ses dorsaux déjà bien développés... et ses bras! Des biceps! ah quelle force de la nature, ce François! N'en pouvant plus, j'ai passé mon bras gauche autour de son cou, nous avons penché ensemble la tête... et il a ouvert la bouche. Ah! quel feu d'artifices! Tout mon corps s'est raidi et j'ai perdu la notion du temps. Ah quelle langue, quelle bouche, quelle saveur! Quelles lèvres sensuelles! Depuis le temps!... J'ai pensé défaillir. Et mes jambes complètement ramollies: je me demande comment je tenais debout. Puis lentement, François s'est retiré. J'ai cédé. Vidé comme après une dure journée de travail. Et je restais planté là, hébété.

– C'est extraordinaire, François.

– J'ai appris ça avec les filles.

J'ai compris que ça devait être suffisant pour ce soir-là.

A mon retour, le lendemain après-midi, il était encore à la cabane à sucre. Je me suis empressé de faire le train et préparer le souper. Pour lui faire plaisir. J'avais gardé le goût de ses lèvres toute la nuit, toute la journée... et j'espérais encore. Quand il est entré, il a eu un petit sourire non pas seulement pour la table déjà prête. Agaçant, je dirais. Complice. Le coeur m'a sauté à la gorge, mes jambes se sont dérobées et je me suis jeté sur ma chaise, tout essoufflé. Il est sorti de la salle de bain, le torse nu. Et avec un galbe à remplacer tout le souper. Je me suis levé en suffoquant. Beau, musclé comme lui, dans ma maison, dans mes bras: ce n'est pas possible! Il s'est approché lentement, mesurant tous ses gestes, ...m'a pris affectueusement dans ses bras. Je me suis mis à pleurer. M'a serré sur lui comme un homme au grand coeur soutient, protège, encourage son ami désemparé. Après un beau moment, espiègle:

– Michel, si tu es sage, François va te montrer autres choses qu'il a apprises...avec les filles.

Je me suis transformé en fontaine. Je riais, je pleurais, je le serrais dans mes bras, je... Je pense que je ne me suis jamais senti aussi abandonné entre les mains de quelqu'un. Un tel coup de foudre, ça ne peut pas arriver par du monde ordinaire. Je pleurais de joie ou sans savoir pourquoi. Il m'a pris dans ses bras et porté sur le lit.

– Michel, pour ne pas trop t'exciter, je vais aller m'habiller autrement, puis ce soir, on se fera plaisir. Ça va?

Il est sorti de la chambre. Je me suis raisonné un peu et calmé. Puis la porte s'est ouverte!... Il portait un chandail blanc moulé à manches courtes et avait remplacé son jean serré par un petit sous-vêtement encore plus sexé! Je me suis mis à crier. Lui, à rire. Rire de si bon coeur du tour qu'il m'avait joué. D'un fou rire inextinguible. Il s'est jeté sur le lit, près de moi, m'a serré, soulevé, chatouillé pendant que je mêlais mon rire au sien. On criait de joie, se sautait l'un sur l'autre, se débattait, mordait. Tout y a passé. Revivant notre enfance ratée ou incomplète, on se défoulait, libérait. Lui, de ses frustrations, moi, de mes refoulements.

On a fini par se calmer après ces vacances instantanées, cette thérapie très agréable et aussi efficace que gratuite. Puis, nous nous sommes retrouvés face à face, enlacés, ma joue droite déposée sur sa joue, mon genou calé profondément entre ses cuisses et tout notre corps collé l'un sur l'autre. Oui, nous nous sommes retrouvés. En profonde paix, dans un silence ému. Dans une cathédrale de Moyen Age, sous une voûte qui tentait nous aspirer vers le haut plutôt qu'à nous écraser, baignés dans la douce lumière multicolore de vitraux féériques. Nous venions d'être créés dans ce paradis terrestre et nous demeurions en action de grâce, pénétrés de reconnaissance et d'émerveillement, devant notre Créateur. Un temple pour l'Infini, pensais-je. Jamais, je n'ai eu la foi comme ce soir-là! Jamais, je n'ai touché Dieu, l'Amour, l'Éternité comme avec François serré tendrement dans mes bras. Dieu est-il plus que ça, autre ou ailleurs? Il est cette aspiration, ce goût, ce désir, cette paix qui gonfle le coeur, emplit la gorge, pique les yeux. Nous dépasse. Et qu'aucune parole au monde ne saura jamais dire. Nous nous sommes tenus très serrés, sûrement très longtemps. La plénitude que j'ai vécue en ces instants!... Non, silence sur ce sujet! J'avoue seulement l'impression d'avoir vécu le maximum d'une vie d'homme et d'avoir eu le goût de mourir satisfait dans cette apothéose. Nous nous sentions incapables de parler. Nous nous sentions au-delà de nos corps, contingences, temporalités. Je vivais au rythme des battements de son coeur. Me suis-je évanoui, endormi?... Quand le corps ne suit plus, l'esprit en profite. Un frisson. J'ouvris les yeux. Mes yeux plongeaient dans ceux de François. Il semblait se demander lui aussi: voyons, qu'est-ce qui vient de nous arriver?...On a bu nos regards au bon goût de tendresse mutuellement, sans cligner des yeux. Puis j'ai dit, tout bas, dans un souffle:

– François, ce que je vis avec toi ce soir, je le jure, jamais, je n'ai rien vécu de semblable.

Sur le même ton du plus beau secret d'amour:

– Moi non plus, Michel.

Après un long silence, j'ai demandé:

– Serait-ce que Dieu nous aime?

François a posément fermé les yeux. Moi aussi. Je crois que nous avons prié.

Puis nous avons fait l'amour. Le dire?... Nous avons recommencé. Le lendemain?... Et le surlendemain.

A chaque fois, je lui demandais:

– Prends quelques poses plastiques... pour garder de toi cette image merveilleuse dans ma tête et mon coeur.

Je vois encore son visage s'éclairer. Je tiens encore dans mes mains ouvertes en calice, la généreuse beauté de sa force offerte. Je savoure encore cette sécurité vivifiante que mon âme respirait à pleins poumons entre ces biceps de l'amitié. J'admire encore la mâle beauté de ces pectoraux gonflés à bloc, ces bastions de l'amour protecteur. Je goûte encore cette belle grosse veine qui descendait de son épaule, suivant gracieusement le contour de ses biceps. Elle m'attirait encore et toujours, non seulement par son cheminement excitant mais aussi par sa grosseur qui variait avec l'intensité de nos ébats. Elle amenait en moi un surplus d'oxygène qui excitait mon désir, un afflux de sang qui gonflait mon plaisir.

Combien de fois ma langue gourmande en a suivi l'itinéraire de sa source jusqu'à l'embouchure, emporté par les vagues de la volupté. Combien de fois, j'ai soigneusement lavé de mes papilles gustatives, ses biceps gonflés de toute la force de notre amour, ses aisselles offertes, ses pectoraux aussi durs que ses biceps et ses dorsaux qui faisaient de son torse un V magnifique. Je glissais toujours sur les ailes de ce V, vers mon penchant où se dégustait le repas. La table était toujours mise, la nourriture abondante, le service impeccable. Le goût divin. Quel chef-d'oeuvre! François était un maître-queue encore inconscient, je crois, de toute sa perfection.

Quand ce muscle le plus sensible, le plus complet, le plus désirable s'offrait en dégustation, plus rien n'aurait interrompu mon festin. Enfin, je l'avais là, devant moi, devant ma figure, mes yeux, ma bouche. Dans ma gorge puis dans mon coeur pour toujours. Enfin, il était là, devant moi, à moi, offert, gorgé de sang, sublime, pétrifié. Tu es pierre... pour l'éternité. Le ciel s'ouvrait pour laisser passer tous ses anges qui montaient et descendaient tout le long de l'échelle de Jacob. Il emplissait ma bouche et mon coeur en lui donnant un goût de paradis.

Et il ne manquait pas d'appétit, lui non plus.

Quelle bonne fourchette, il était! J'en ai eu tout de suite la piqûre, et combien de fois répétée!

C'est la veine que j'ai eue avec lui.

En ces jours-là, c'était le temps des sucres. Les gouttes d'eau des fontes des neiges murmuraient leur réveil sous les chauds rayons du soleil. Peu à peu, chantaient plus fort leur message.

Puis suffisamment rejointes, pépiaient doucement, gloussaient de plaisir, emplissaient les trous en dansant quelques rondes et débordaient dans les ornières. Puis rejoignaient le fossé en rigolant. Tout le jour. La solidarité donne toujours visibilité, force et plaisir. Le soir, mystérieusement se taisaient. Figées de peur? Une légère couche de glace fine et blanche recouvrait leur passage. Mais bientôt, le matin, les appels du grand chorégraphe céleste les rappelaient à leur danse, leur offraient de suivre leur pente. Comme des petits poussins de Pâques, recommençaient à caqueter, fureter ici et là, sautiller, tourner en rond, cherchant toujours un espace à remplir.

Et François s'activait. Après avoir ouvert le flanc de l'arbre, y avoir fixé le chalumeau et le vaisseau, avait préparé le traîneau et le baril de bois pour ramasser l'eau. Avait battu le chemin afin de soulager le cheval, Bayard, une fois le baril rempli. Puis, il a recueilli l'eau de nos érables. Plus de cinq cents vaisseaux, c'est encore beaucoup d'efforts avec un cheval et un traîneau. Guy Martel, notre voisin, allait parfois l'aider, lui confiant les trucs du métier.

Avec le soleil chaud du jour et le froid de la nuit, avec François et Guy, c'est alors que les érables coulaient de tout leur coeur. De toutes leurs racines, poussaient leur sève douce et sucrée qui tombait en surabondance de gouttelettes, joyeuses et magnanimes, dans le vaisseau accroché à leur chalumeau. Danse, danse, gouttelette, n'hésite pas au bec du chalumeau, rejoins ton âme collective en une belle eau qu'on évaporera bientôt. N'hésite pas à te donner, c'est François qui t'emportera. Charge précieuse au bout de ses bras vigoureux, tu rejoindras le baril tiré par notre cheval. Tu feras ta dernière tournée de l'érablière. Dans le baril, la grande valse; tu danseras avec des milliards d'autres gouttes. Surtout quand le pied du cheval défoncera la surface ramollie du printemps. Quand le patin du traîneau, transportant le baril, glissera dangereusement dans une ornière affaissée. Surtout quand François, plein de courage et de patience, te reprendra dans ses bras pour te couler dans l'immense bouilloire. Il te réchauffera: tu sautilleras. Il te purifiera: tu te libéreras. Abandonnant les sucs qui t'apesantissent, tu t'envoleras, libre et légère vers d'autres cieux. Belle petite buée blanchâtre, tu t'élèveras vers ta liberté retrouvée, nous laissant traînant sur le sol de notre pesanteur. Pour nous consoler: ton réduit, tire et sirop, ton sucre dur et sucre mou. Ce sera notre salaire de tant et tant de seaux remplis, emportés, transvasés, surveillés pour donner au réduit le goût, au sirop la teinte, au sucre la texture. Et aux bras de François, des veines plus bleues, des muscles plus beaux. Et à mon coeur, la joie de le goûter dans la plus merveilleuse partie de sucre en caressant ses muscles étirés par ces jours et ces nuits passés à faire bouillir et en léchant la palette dans les plus belles parties de plaisir.

L'ai vu si peu, ces derniers jours. Il ne voulait rien perdre de cette belle eau d'érable, la recueillait, faisait bouillir, dormait quelques heures, refaisait du feu. Et recommençait. François, le courage. François, le goût de la perfection. François, le sucre dans ma vie. Et j'embaumais ces petits bonheurs, salaison pour l'hiver. Alors, comme sera bon dans notre nid, à l'abri des tempêtes, ce bon sirop qui coulera si pur sur nos si merveilleux souvenirs!

François, mon printemps. Serrons-nous dans les bras. Bourgeons. Aspirons-nous jusqu'à l'extase, caressons-nous jusqu'à effacer nos corps pour découvrir nos âmes. Peut-être atteindrons-nous la pérennité.

C'est le printemps. Les feuilles gonflent mes bourgeons, la sève bouillonne dans mes racines. Fais-moi une entaille, chalumeau de ta bouche. Gouttes à gouttes, puis giclées abondantes, te donner le trop plein de moi-même. Puis, non seulement le trop plein, mais le tout plein jusqu'à ce que ta coupe déborde. Nous vivrons des jours de sucreries jusqu'au soir et des nuits de cueillette jusqu'au matin. Goûte à mes sucs que j'ai préparés tout l'hiver et qu'aujourd'hui le soleil excite. Ne t'inquiète pas de l'écorce, mon coeur est tendre. Ne t'inquiète pas, car mon coeur y bat.

Toi, mon abondante rosée du matin, ma chaude ardeur du midi, ma succulente moisson de la vesprée! Nous nous coucherons avec le poète, sa plume traversant nos corps. Elle nous inspirera ses débordements de la nuit et sa foi dans le matin. Peut-être ainsi durerons-nous longtemps? Qui sait, jusqu'à l'éternité?...

Et plein de promesse, le printemps s'écoulait doucement.

Puis le téléphone sonna. Pour le retour à la maison. Panique. Fin du sursis. Comme le prisonnier qu'on ramène dans la cellule des condamnés à mort.

– Ton dernier recours est épuisé. Prépare-toi.

François, nerveusement, explorait chaque coin de la maison, allait de long en large.

– C'est mon père. C'est mon père. Il veut que je retourne tout de suite. Il a l'air fâché...

C'était la fin d'un rêve, d'un beau rêve. Fin de la joie, du bonheur. Fin des sucres. Onze jours à être respecté, aimé; à respecter et à aimer. Onze jours à être heureux d'un bonheur simple, tranquille, d'une paix enfin trouvée. Les premiers onze jours de sa vie. Les premiers onze jours de ma vie aussi d'une telle intensité. Onze jours comme je n'en avais jamais vécus et n'en vivrai sans doute jamais. Onze jours qui m'ont apporté les plus grandes joies et les plus grandes détresses, qui m'ont le plus approché de la Vie et sans doute aussi de la Mort.

Depuis son départ, la Vie et la Mort ont les mêmes attraits.

2

LE PIÈGE S'OUVRE

François avait toujours vécu à Saint-Valérien, petit village tranquille, soumis, sans histoire qui demandait à chacun de ses habitants d'être soumis, tranquille et sans histoire. François avait travaillé à temps partiel à plusieurs endroits. Travaux durs, au grand air, peu payés. Il était pratique, concret, plein de savoir-faire. Incapable de dire non, il fut souvent exploité. Incapable de soutenir une discussion, il ne lui restait que la fuite.

Par hasard, le père de François venait de découvrir que j'étais gai.

– Une tapette!... qu'il me lance au téléphone.

– Eh oui. Puis après?

– Imbécile!...

Il venait de conclure son raisonnement dans l'apothéose de la subtilité. D'un dieu, j'étais devenu un démon. D'un être humain altruiste et

31

généreux, je devenais un satyre dangereux, un monstre à sept têtes et avec autant de queues probablement parce qu'il n'y avait que ça qui les intéressait. D'où l'importance de l'étiquette. Tu l'es ou tu l'es pas?... To be or not to be?... Si tu es un homosexuel, tu n'es plus un être humain, tu n'es qu'un sexe, une queue. Rien d'autre. Si tu es un hétérosexuel, tu es un pur, tu n'as pas de sexe: un parfait! Des hétérosexuels, ça sert à faire des immaculées conceptions... Vivent les petites colombes blanches!

En reconduisant François chez ses parents, il m'a demandé:
– Comment ça se fait que tu ne me dis pas de bêtises? Chez nous, je fais toujours des bêtises. Il faut me le dire quand je fais des mauvais coups. Je dois pourtant en faire. Il faut crier après moi, tu sais...

Le seul mauvais coup qu'il faisait, c'est qu'il était heureux et qu'il respectait un gai. Et ça, à l'autre bout du fil, ils ne pouvaient pas l'accepter. Même loin d'eux, il devait être humilié, écrasé. Même loin d'eux, il devait mépriser les gais. Se mépriser lui-même. Ils n'ont pu supporter son bonheur, son respect. Ils l'ont rappelé. Sa vie s'est terminée ce soir -là. Ce soir-là, ils l'ont suicidé.

François avait le malheur d'être différent. François était un homme sous influence. Et dans leur monde où seule compte la vitrine, il n'avait pas le droit à sa couleur, à sa manière, à son émotion. Être n'a aucune importance, paraître est l'essentiel. Être gai est mauvais, paraître hétéro est parfait.

– Tu vas occuper cette tablette-là dans la vitrine, tu vas répéter des gestes robotisés, mais reconnus. Un point, c'est tout!

– Oui, mais...

Les bourreaux agitaient déjà leur quincaillerie de mort à la face du condamné.

– Une cagoule. Il faut un masque dans la vie. On ne se promène pas avec une autre orientation sexuelle, on ne fume pas un joint, on ne contredit pas M. le Curé, on ne provoque pas la commère cachée derrière ses rideaux, au bout de la rue.

La trappe fut testée, le mécanisme huilé. Tout fonctionnait comme dans le meilleur des mondes.

Il n'y a pas de: oui, mais... Tu vas faire ce que je te dis.

La corde fut nouée au cou, ajustée pour un travail propre. Puis la trappe s'ouvrit: on est respectables, on n'a jamais eu de tapette dans la famille. Tu nous feras pas honte.

Le monde a chaviré sous ses pieds. L'univers s'est dérobé. Une sensation de vertige, un cri étouffé, un grand coup sur la nuque, un balancement dans le vide...: on n'a jamais eu de tapette dans la famille!...

Et l'enfant n'arrivait pas à reprendre son souffle qu'on essayait de lui voler. Il alla se coucher, impuissant de rage, humilié jusqu'au fond de lui-même, la gorge un peu plus nouée dans la corde un peu plus serrée. Etendu sur le dos, tout habillé, il regardait le plafond, fixait la lampe et son support. L'oeil perdu, la bouche sèche, les mains moites, le coeur battant, il mesurait la longueur, la résistance, le poids. La longueur, la résistance, le poids ...de sa vie.

Une bouffée de chaleur lui monta de la poitrine, à la gorge, un picotement. Les yeux lui brûlaient, les sanglots se bousculaient, mais rien ne sortait. Aux yeux, pas une larme; à la gorge, un étouffement. Dans la tête: Tu seras un homme, mon fils. Tu seras un homme... Il n'y aura pas de tapette dans la famille!... Tapette... Homme... sera... tapette. Honte! Ce martèlement de cris se répercutait d'une tempe à l'autre. Il se sentait écrasé sous les pas d'un troupeau d'éléphants. Une immense brûlure à son cou. A son dos, un immense frisson.

Il souffrait trop, il avait trop honte. Il cacha sa figure dans l'oreiller, plaça ses mains sur l'arrière de sa tête pour essayer de disparaître. Les frissons de son dos s'agitaient. Il se retourna pour mieux les contrôler. Ramena les couvertures par dessus sa tête. Se pelotonna. Voulait mourir. Quelle chaleur!... Si je pouvais m'asphyxier ainsi!... Je n'aurais qu'à m'endormir. Ce ne serait presque pas de ma faute. Je serais bien débarrassé. Eux aussi. Ça les ferait réfléchir. Mais impossible, ça ne marcherait pas. La couverture rabaissée, il ne voyait plus que la lampe à nouveau. Fasciné, vidé de lui-même, robotisé, secoué par les frissons qui agitaient maintenant tout son corps, les dents serrées, refusant toute pensée, fiévreux, exaspéré...

— Ton gars a arraché la lampe de sa chambre. Puis j'ai trouvé ça sous son lit: une corde avec un noeud coulant...

— Penses-tu...?

— ...

— Ouais?...

— Ouais.

Puis le silence. Lourd. Définitif. Le silence

buté est encore plus sûr qu'une corde pour tuer. La corde fut rangée, les éclats de verre et les gravats ramassés, mais la lampe non réparée. Il fallait garder un symbole, une prise d'air vers le haut: l'issue était par là. Il fallait garder une cicatrice de l'échec du suicide, de l'échec de la communication. Mainte-nant, le soir, il se couchait à la noirceur, tâtonnant toujours dans les ténèbres du silence.

Une fois couché, il fixait le trou au plafond, il le devinait bien: plus sombre, plus frais, plus humiliant. Malaise. L'impression d'un désordre, d'un travail non terminé, d'un devoir à reprendre. A son cou, toujours la même brûlure. Même avec ça, ils n'ont pas voulu me parler. Le trou l'hypnotisait. Il se sentait enfler, enfoncer dans son lit. Puis tout son corps étiré douloureusement, se détendait peu à peu et s'engourdissait doucement. Il se laissait enfoncer dans le matelas puis s'élevait dans les airs. Un bouillonnement dans sa tête qui lui était devenue étrangère. Bouillonnement comme celui de l'eau qui coule dans un tuyau. L'impression de chavirer. Le vertige. Toujours ce trou comme un appel. Parfois, il se sentait aspiré et se voyait flotter dans les airs au-dessus de la maison. Il descendait un peu quand il avait peur. Il voyait ainsi de haut, libéré, autonome, cet univers où il avait tant de difficultés à vivre. Le toit de sa maison, à la fois comme une protection et une prison. La tache sombre de l'auto à la porte. Les fermes avoisinantes dont celle de Madame Labrecque qui s'ennuyait parce que son mari était presque toujours parti. Elle lui faisait de l'oeil depuis des mois. La route, plus loin, où filaient des phares dans un bruit étouffé et une odeur caractéristique. Puis de nouveau l'auto à la porte. Tache sombre. Voyons, pourquoi est-ce qu'elle m'attire tant?... Il s'en approchait, voyait distinctement l'intérieur avec ses sièges comme une invitation. Et toujours cette odeur âcre qui lui piquait le nez. Un pressentiment, une peur...: non! Il rentrait immédiatement à la maison. Etourdi, tête bourdonnante, il sentait un nouveau danger, une nouvelle souffrance, ...comme un attentat. Il savait que ce n'était pas bien, pas bon, qu'il ne devait pas. Mais à quoi bon se questionner quand le coeur ne répond plus?

Le ménage fait: un coup de balai, un coup d'éponge et la façade était sauve. Seuls quelques bouts de fils électriques pendaient au plafond. Le monde pouvait passer près de la cage vitrée: tout était en ordre. Law and Order. On se conforme, nous autres!

Heureusement, quelques semaines plus tard, François était revenu chez moi quand je suis arrivé de l'école. Naturellement, j'ai eu droit au téléphone de bêtises, menaces et vulgarités du père.

– Oui, François est ici.

– Ramène-le.

– Ce n'est pas moi qui est allé le chercher, cette fois. Si tu veux l'avoir, viens le chercher. Et si François veut rester ici, il y restera.

Ce fut la crise du poisson capturé à l'autre bout de la ligne. J'ai raccroché.

Le lendemain, quand le Directeur de l'école a reçu le policier venu m'arrêter, il a passé deux heures avec lui dans son bureau pour me salir, me démolir. Moi, j'étais en classe.

– L'important, c'est de le détruire et tous les autres de son espèce. Il faut protéger notre jeunesse. Il faut sauver notre race, notre culture, notre patati

36

et notre patata.

La civilisation venait d'avancer de deux heures!

Au poste de police, ce furent les insinuations, les injures, les accusations, le refus de m'accorder un avocat malgré l'état d'arrestation.

– Ça t'apprendra à avoir des petites manières.

– Quelles petites manières?

– Des petites manières.

C'était la raison de l'arrestation devant toute l'école, à l'heure de la récréation. Pour lui, l'injure suprême, l'accusation totale. C'était aussi la totalité du raisonnement policier: ...des petites manières. L'intimidation au poste de police s'est terminée par l'apologie de son travail désintéressé de policier intègre pour un groupe de jeunes au hockey. Une autre heure pour la civilisation!

J'ai tout raconté à François.

– Je ne veux pas que tu aies des problèmes à cause de moi, je m'en vais. Demain, tu me laisseras à l'entrée de la ville de Granby.

– C'est ton choix, François. Moi, je suis prêt à affronter n'importe quoi pour toi.

Suppliant:

– Au moins, tu vas me téléphoner très souvent!...

J'avais l'impression qu'un rêve s'écroulait.

François me téléphonait de temps en temps; il avait besoin de parler, besoin d'un ami. Je le suis resté. L'écoute, le partage, une grosse question, deux petits conseils. Une présence.

– Ce n'est pas moi qui prendrai la décision pour toi de rentrer chez toi ou de rester où tu es. Tu sais les avantages et les inconvénients dans chaque cas. Seulement, si tu veux qu'on en parle ensemble, je suis prêt. Je suis toujours prêt à t'aider de n'importe quelle façon. Le vol, la prostitution, comme beaucoup connaissent, ne sont pas des solutions. Si tu es trop mal pris, avertis-moi. On tâchera de s'arranger.

Je l'ai dépanné à quelques reprises.

A chaque appel, inquiet, il me demandait:

– Est-ce que quelqu'un est venu... a téléphoné pour moi?

Un jour, j'ai dû lui répondre:

– Oui. Un travailleur social.

– Qu'est-ce que ça veut, ça, un travailleur social?

– Il semble s'inquiéter pour toi. Il est payé pour sembler s'inquiéter: ça fait plaisir aux parents, à la société.

– Qu'est-ce qu'il me veut?

– Savoir si tu vas bien. En bonne santé. Pas en danger: ...les dangers dont je t'ai déjà parlé. Il aimerait que tu retournes chez tes parents: ça lui ferait un bon point dans son dossier.

François avait peur. Malgré cette situation, il m'a fait de grands plaisirs, enfanté de suprêmes bonheurs. Je lui disais à l'occasion ma reconnaissance – bien terne – comparée à la joie dont il avait coloré ma vie. Il me répondait:

– Mais toi aussi, tu me rends tellement service: tu pourrais me dénoncer à mes parents et tu ne le fais pas.

J'en avais le souffle coupé. C'était tellement naturel, normal ce que je faisais. Il avait peur de se faire démolir par son père s'il retournait, ...ou de le démolir.   Ou pire, se faire ridiculiser encore une fois parce qu'il était gai.

Un mois plus tard, il était retourné chez lui. Sa décision était prise:

– J'aurai bientôt 18 ans. Je suis gai. Je m'en vais travailler chez Monsieur Nolin. Ma vie, c'est ma vie, puis vous n'y toucherez pas.

– Tu n'iras pas rester chez une tapette! On est du monde respectable, nous autres.

– Je veux travailler. Puis, tapette, ça vous regarde pas.

– Je vais te trouver un emploi, Madame Labrecque a justement besoin d'un homme fiable. Son homme engagé actuel ne fait pas l'affaire. Tu pourrais rester chez elle. Je lui en ai parlé.

– Et son mari?

Son mari était un alcoolique violent et jaloux. Et presque toujours parti. Sa femme s'ennuyait. Tout ce qu'elle voulait, c'était une verge.

– Je m'arrangerai avec son mari.

– Tout ce qu'elle veut, c'est coucher avec moi. Et c'est moi après ça qui va être mal pris.

– Couche donc avec, si tu veux! Ça te changera des tapettes.

Sa mère qui ne disait à peu près rien dans ces discussions:

– Laisse-le donc tranquille avec ça. Ça lui passera bien.

Incapable comme d'habitude de soutenir une discussion, François s'était résigné, la mort dans l'âme.

Le lendemain, il déménageait chez Madame Éric Labrecque avec son petit chien. Il devait s'occuper de toute la ferme ...et de toute la dame qui le harcelait continuellement par des allusions, des paroles à double sens, des provocations. Elle ne parlait que de sexe. François évitait le sujet, repoussait les avances, gardait le silence. Mais le troisième soir, Madame a plongé: le souper à la chandelle, le petit cadeau et le déshabillé provocant. Elle devenait de plus en plus lascive et dominatrice. François, de plus en plus embarrassé.

– C'est moi après ça qui va être pris avec ton mari.

– Il n'y a pas de danger, il n'arrive jamais avant le vendredi soir. Puis, je ne lui en parlerai pas.

– Il va s'en apercevoir.

– Voyons donc, il arrive toujours soûl. Et tu ne connais pas les femmes pour dire ça!

– Ça ne me tente pas du tout.

– Arrive, tu ne le regretteras pas. Arrive! Viens avec moi, viens!

Elle le tirait par le bras, lui collait les seins dans la figure en se baissant pour jouer avec son beau gros sexe.

François pensait à Patrick, son beau camionneur: comme il avait été délicat, la première fois, respectueux.

– Ne te presse pas, François. Seulement quand ça te tentera. Moi, je reste à ta disposition pour quand tu en auras le goût. Puis, si jamais tu ne veux pas, on restera quand même bons amis.

François se rappelait la sensation si douce de la main du beau Patrick sur sa cuisse. Le frisson quand il l'a bougée un peu. La flamme quand il a frôlé le galbe de son sexe.

– Si tu n'aimes pas ça, François, ou si tu

changes d'idée, à n'importe quel moment, tu peux me le dire et j'arrêterai. Je te respecte assez pour ça.

Il se rappelait avec quelle lenteur, quelle précaution, quelle tendresse même, son ami répétait son geste, lui laissant tout son temps pour dire non. ...Et François ne disait toujours pas non. Au contraire, au fond de lui-même, François avait toute la peine du monde à se retenir pour ne pas lui crier d'aller plus vite, pour ne pas se jeter à son cou, à sa bouche, à son sexe. Patrick s'était rapproché, avait placé sa tête sur son épaule et avait agrandi l'aire de sa caresse. De l'abdomen, il était monté aux pectoraux qu'il avait serrés délicatement. L'un après l'autre.

Si tu savais le bien que tu me fais, François, en me laissant te caresser!... Je n'oublierai jamais ce moment que je vis avec toi. Toi non plus, tu verras.

Bien sûr, François suffoquait de plaisir et son sexe exaspéré secouait si fort la prison de son jean que la porte était sûrement pour bientôt s'ouvrir. En effet, Patrick libéra l'oiseau de rêve et l'envol resta gravé à jamais dans le coeur et le corps d'une nouvelle amitié.

Pendant toutes ces réflexions, parti, François se faisait triturer le sexe – avec vulgarité, pensait-il – malgré son refus clairement exprimé. L'érection le gagnait de plus en plus avec les premières vagues du plaisir qui atteignaient maintenant le mur de sa résistance. Il avait beau ressentir du plaisir, il n'en avait quand même pas le désir. Et le minaudement, la provocation agressive continuaient de plus belle. Une chatte en chaleurs, pensait encore François. Ah! puis après, ça me fera une expérience de plus. Je ne pourrai pas

41

dire que je n'ai jamais essayé ça. Je vais la laisser faire, pour voir. Et il a vu!... Plus que moins. François avait du plaisir, mais il était parfois distrait, souvent passif. Il analysait: ah! c'est donc ça une chatte en chaleurs. Tiens, Patrick ne fait pas ça comme ça. De temps en temps, il regardait le motif sur la tête du lit ou une décoration au mur pendant que l'autre s'activait. Il a botté, il n'a pas aimé.

Elle aurait voulu finir la nuit avec lui, mais il a prétexté le manque d'habitude à dormir avec un autre, le gros travail du lendemain... La chatte est retournée à sa litière. Lui, voulait un espace pour réfléchir. Comme c'est curieux... oui, curieux. Quelle est cette drôle de sensation après?... Ce n'est pas comme avec... Je me sens vidé: ça fait du bien... depuis quatre jours. Mais qu'est-ce qu'il y a donc de différent?... Je suis soulagé, mais pas heureux comme... Au début, c'est différent: on dirait que c'est imposé. Les autres m'aimaient, m'admiraient; elle, se défoulait. Je suis son jouet. C'est elle qui décide le quand, le comment. Ça fait partie de mon travail, de mon engagement ici. Comme: aujourd'hui, tu finis de labourer le vieux pacage, tu vas prêter notre taureau au voisin et on fait l'amour. ...Curieux, l'impression que ça laisse. Tandis que chez Michel, on dirait que ça n'a aucun rapport avec le travail ou le salaire. On dirait que c'est tout naturel. Si je veux, ou si je ne veux pas, c'est la même chose. Avec elle, je vais me sentir bien gêné, demain. Mais au moins, ça va peut-être calmer mon père, faire baisser la pression. Bah!...

De son côté, Madame Labrecque se sentait aussi très soulagée. Et il est si beau, si jeune, si fort! Et mon Eric qui n'en saura rien. D'ailleurs, il me trompe sûrement! Et le père de François qui est bien d'accord:

– Si ça te tente, vas-y! Déniaise-le: ne te gêne pas.

C'est vraiment la situation idéale. Il faudrait que François continue à céder. Sinon... il y a un truc:... Ah!... Toute heureuse de son éclair de génie, elle s'est tournée de côté avec la satisfaction trépignante de l'araignée devant la mouche prise au piège. Pauvre François!

3

LE RETOUR

On est tombé dans les bras l'un de l'autre. Il m'a serré, serré en silence comme le noyé, sa bouée. J'avais l'impression d'être tout pour lui, que sa décision était définitive, mais qu'il avait encore peur.

– Est-ce que je peux mettre ceci au lavage?... Où est-ce que je place cela? ...Est-ce que je peux faire comme avant?...

– Tu le sais bien, tu es chez toi. Tu fais ce que tu veux, quand tu veux. Tout ce qui compte ici, c'est que tu sois heureux. Rien n'est changé. Et tout peut s'arranger.

Je ne savais pas de quoi ce «tout» pouvait être fait, mais seulement que je devais rassurer un enfant paniqué. Il venait de lui-même dans ma main, petit oiseau tombé du nid, et son coeur emplissait ma demeure de ses battements reconnaissants.

– Est-ce que je peux prendre un bain?...

Chez Madame Labrecque, François mangeait, travaillait, bottait, dormait. Et ça recommençait. On choisit de respecter, on ne choisit pas d'aimer. Lui, n'aimait pas. Le mari était soupçonneux, le père vulgaire, la femme insatiable. François s'ennuyait. Après trois semaines, il n'en pouvait plus. En cachette, un dimanche après-midi, il appela un ami:

– Viens me chercher après souper. Je pars.

La petite valise bourrée pêle-mêle de linge propre et de linge sale, les grosses bottines de travail aux pieds et son petit chien sous le bras, il quittait.

– On ne me laisse pas tomber comme une vieille poche de patates, criait Madame Labrecque. Je vais le dire à ton père. Tu vas voir, tu vas le regretter!...

Et autres délicatesses. François n'était pas un batailleur. C'était un doux, un sans défense. Sa sécurité, c'était la fuite.

C'est ainsi qu'il venait de m'arriver, ce dimanche soir, sale, désemparé, nerveusement décidé.

– Michel, je m'en viens rester ici pour toujours comme tu me l'as déjà offert. Je veux que tu me gardes.

...que tu me gardes: c'était bien lui. Pauvre François! Voix tremblante. Supplication et panique. J'ai compris: Michel, au secours! Il s'est rapidement lavé tandis que je préparais les petites choses qu'il pouvait utiliser: linge de travail, articles de toilette, etc. Pendant ce temps, ma chienne qui était venue flairer le petit chien apeuré et l'avait trouvé deux fois plus petit que le chat, était retournée se coucher. Le chat qui le trouvait à peine plus gros qu'un rat se demandait bien avant de se rendormir, à quoi ça pouvait servir.

– Si tu veux prendre une bière, moi je me suis préparé un thé. On s'est assis face à face et j'ai écouté ...son silence. Il se tournait la langue dans la bouche, se mordait les lèvres, soupesait son secret, en étudiait les arêtes qui pourraient me blesser, prévoyait mes réactions, cherchait ce qui me ferait plaisir. Tout à coup, en fixant sa bouteille de bière qu'il tenait à deux mains au bout de ses bras étendus sur la table:

– Michel, je n'en peux plus de la Labrecque, je l'ai toujours sur le dos, un vrai ver à choux. Son mari est de plus en plus agressif avec moi. Puis mon père est trop bête: je ne veux plus le voir. Je lui ai dit que je suis gai, que je m'en venais vivre ici et que je voulais avoir la paix.

Il s'arrêta, étonné d'avoir tout dit, tremblant sous l'effort fourni, me regarda enfin et m'attendit. Mes yeux pétillaient, je le sais: je ne contrôle pas ça. Je suis certain que je rayonnais, mais lui n'était pas encore sûr. Je perdais de plus en plus le contrôle de mon sourire qui se transformait déjà en petites cascades printanières.

– François, si tu savais comme tu me fais plaisir!... Cette marque de confiance et d'affection me va droit au coeur. J'ai envie de pleurer comme un enfant.

Il ne semblait pas satisfait.

– Puis si mon père vient ici?... Puis le fou à Labrecque?... Je ne veux pas te causer d'embarras. Et je ne veux pas recommencer à me cacher, à rester n'importe où et à fuir comme j'ai déjà fait.

– Je te comprends bien. Je ferais comme toi, à ta place. Pour commencer, tu auras bientôt 18 ans, tu as un emploi et une résidence: légalement, tu es bien placé. Eric Labrecque doit être bien content que tu sois parti, non?... Quant à ton père, on va attendre pour voir ce qu'il va faire. Je ne pense pas qu'il vienne ici. Il va peut-être téléphoner, ce soir ou demain. Je vais lui dire la vérité. Si tu veux lui parler, tu le feras, sinon je lui dirai que tu ne veux pas jaser avec lui pour tout de suite. Que tu le rappelleras plus tard. Ça te va?...

– Bien sûr. Mais moi, est-ce que je vais pouvoir rester ici ...assez longtemps?...

– Le temps que tu voudras.

– Je vais pouvoir sortir un peu, recevoir des amis?...

– Certain. On se donne deux, trois jours pour nous placer, décompresser, attendre la réaction de ton père et te reposer un peu. D'ailleurs, ces jours-ci, il n'y a pas grand chose à faire, vu la pluie. Demain, je ne vais pas à l'école: je reste avec toi.

Il garda un long silence, le regard perdu au loin. Tant de sécurité, de stabilité d'un seul coup...!

– Michel, j'ai l'impression de rêver, tellement je me sens bien.

– Moi aussi et c'est grâce à toi.

C'est comme si nous étions au coeur d'un pommier chargé de fruits: atmosphère riche, abondante, odorante. Sans nous toucher, nous sentions la caresse de notre affection et de notre reconnaissance mutuelles. Nous baignions dans une atmosphère de délices impossibles à décrire. Action de grâces. A mesure que notre coeur ramollissait, notre corps raidissait. Comme branchés sur le même circuit électrique, ensemble, nous nous sommes levés, pris par la main et dirigés vers le lit.

Le lendemain, nous étions en pleine forme et affamés. Comme au sortir d'une hibernation. Un déjeuner?...: une douzaine d'oeufs, du bacon, du pain, du café, du miel (encore!) et une foule de petites caresses. Notre repos prévu de deux jours avait été pris pendant la soirée et la nuit. Il fallait bouger ensemble. Nous avons travaillé en dedans toute la journée: avec tant de réparations à exécuter et un François si habile!... Toute la journée, nous avons jasé ensemble. C'était sûrement une première pour lui. Il semblait si soulagé, libre, heureux. Il effleurait à peine le sol. Ça faisait plaisir à voir. C'était comme si je mettais au monde un enfant et, dès le premier jour, il découvrait le plaisir de bâtir le monde et de se libérer. Je me sentais renaître avec lui.

Surprise. Ce n'est pas le père qui a appelé, c'est la mère.

– Oui, Madame, il est ici. Libre. Je ne lui ai pas mis de clôture sociale, morale. Il est heureux. Que voulez-vous de plus?

– Vous êtes une tapette.

– J'ai autant le droit que vous de l'être ou de ne pas l'être. François aussi. Moi, je me fous tout à fait de votre opinion. François, non. Alors, relâchez donc un peu la pression que vous mettez sur lui pour ne pas tout faire sauter. Vous le connaissez, c'est un enfant sensible, sans défense, cessez donc d'abuser de lui.

– Et vous, vous n'abusez pas de lui?

– Il est libre. Il est libre de venir ici quand il veut, de partir quand il veut. Et de faire ce qu'il veut. Je puis vous assurer qu'il est heureux. Je suis sûr qu'il vous téléphonera de lui-même et qu'il ira vous voir dès qu'il sentira que vous l'acceptez comme il est.

– Vous trouvez ça normal qu'un jeune de son âge reste avec un homme de votre âge? Vous avez au moins trente ans!...

– C'est à lui de décider. Il est au moins assez vieux pour prendre ses décisions. Il est maître de son corps comme une femme peut l'être du sien. Elle peut marier qui elle veut, avoir les enfants qu'elle veut et les avortements qu'elle veut. Que François fasse les expériences qu'il voudra, le temps qu'il voudra. Ensuite, il pourra prendre des décisions plus éclairées. Si vous voulez son bien, comme vous le prétendez, foutez-lui donc la paix!

– Ah bien, ça restera pas là.

Et elle a raccroché.

Pendant ce temps, François était resté en retrait, silencieux, au rebord de sa peur. Il assistait à un combat singulier dont l'issue devait sceller sa liberté ou sa mort. La première manche était gagnée. Mais le charme était rompu. Il était devenu soucieux, silencieux. Quand on s'est couché, il s'est offert, sur le dos, comme d'habitude. Délicatement collé sur lui, je l'ai caressé, apprivoisé. J'essayais d'exorciser son démon. Avec toute mon affection. Il s'est permis quelques caresses, mais le coeur n'y était pas. J'ai respecté son absence.

– Michel, j'ai peur. J'ai peur que tu aies des problèmes à cause de moi. J'ai peur qu'ils arrivent ici.

– Mais non, François. Ici, c'est MON territoire. Ils n'y mettront pas les pieds tant que toi et moi, on ne le voudra pas. Tu vois que je ne suis pas traumatisé parce que je leur parle? Tu as vu au téléphone?... Non. Pour moi, tout ce qui peut me causer des problèmes, me faire de la peine, c'est de te voir malheureux. Tout le reste n'est rien. S'il te plaît, François, ressaisis-toi, oublie ça; oublie-les pour un bout de temps. Tout s'arrangera. ...Avec ton âge, ta force ...et ton ami, quelque chose peut-il nous arriver?... Garde ton courage, ta confiance; sans cela, nous ne pourrons pas faire grand chose ensemble.

Le tout ponctué de silences, ce ciment qui collait nos conversations et bâtissait notre relation.

Bon, maintenant, nous autres on s'organise! On fait notre vie et on laisse les autres se dépêtrer avec leur jalousie, leur étroitesse d'esprit, leurs bibittes. Demain, il faudra que j'aille à l'école, et tous les jours ensuite. Toi, je te charge de tout ici. Tu as carte blanche. Fais tout ce qui doit être fait comme si c'était à toi. ...Si ça ne te tente pas de parler de tout ça ce soir, on en jasera demain soir.

Je l'ai caressé encore longuement pendant qu'il réfléchissait très fort. Je le sentais à certains grands soupirs qu'il allait chercher à Saint-Valérien et qu'il amenait coucher entre nous. Que c'était donc difficile pour lui de couper ces ponts avec sa peur! Il a fini par prendre une décision, je crois, parce qu'il m'a pris dans ses bras puissants, m'a caressé de tout son corps généreux:

– Merci. Merci, Michel. Merci. ...Tu vas voir, tu vas être content de moi. On va vivre ensemble, puis on va être HEUREUX ENSEMBLE!

Que c'est merveilleux un homme heureux!

Le lendemain, quand je suis revenu de l'école, il était essoufflé, sale, mais si heureux! Il m'a montré avec fierté tout le travail accompli. Comme était beau le champ prêt pour les semences! puis la barrière...

– Regarde la réparation. Puis tes roulettes, ça ne marchait pas. Maintenant, ça va tenir. Plusieurs pagées de clôture: les vaches auraient sûrement passé. ...Michel, voudrais-tu préparer à souper pendant que je vais faire le train tout seul. J'ai faim! Je n'ai presque pas mangé, ...je me dépêchais ...pour te faire plaisir.

Sa voix s'était voilée, une trop forte émotion. En s'en allant à l'étable, je l'ai entendu se moucher discrètement.

J'ai rarement vu un homme manger comme François ce soir-là. Je me nourrissais seulement à le voir dévorer. En lui servant sa troisième assiettée:

– Il n'en reste plus.

– Ça va être assez.

Là, il a diminué son rythme, m'a regardé un peu plus souvent.

– C'est bon.

Il venait de s'en apercevoir.

Quelques jours plus tard, vers seize heures, le travailleur social appela. Il voulait nous rencontrer.

– Tu viens seul et tu repartiras SEUL.

– Oui, bien sûr.

– Attends que j'en parle à François.

Dès le rendez-vous fixé, François s'inquiéta.

– Qu'est-ce qu'il me veut? Qu'est-ce que je vais lui dire?...

– Bien, j'imagine qu'il veut savoir si tu es bien traité, ici. Si tu es vraiment gai. Etc..

– Comment sait-on qu'on est gai?

— En général, aimes-tu mieux coucher avec un homme ou avec une femme?

— Avec un homme.

— Quand tu fais des rêves où il y a du plaisir sexuel, est-ce que c'est avec des hommes ou des femmes?

Il a hésité puis:

— Avec des hommes.

— Toujours?

— Presque toujours.

— Tes expériences passées, c'est avec des hommes ou des femmes?

— Seulement une fois avec une femme puis je ne veux plus la revoir.

— As-tu plus de plaisir avec les hommes ou les femmes?

— Avec les hommes, voyons!

— Bon, tu n'auras qu'à le lui dire.

— C'est gênant. Qu'est-ce que le monde va penser?

— Ce n'est pas important, ce que les autres vont penser. Vaut mieux vivre son être profond. Vaut mieux un peu de persécutions d'une certaine petite société étroite et être bien dans sa peau, authentique, vraiment libre.

— Mais on n'est pas nombreux, les gais. Des fois, je me demande... si c'est bien normal.

— Mais voyons, François. Qui peut déterminer ce qui est bien et ce qui est mal? Ce qui est normal et anormal?... Tu crois que si on est nombreux à penser que quelque chose est bien, ça devient bien? Et si on est plus nombreux à penser que c'est mal, ça devient mal?... Mais non. Sans ça, la morale serait décrétée par les maisons de sondage. Regarde. Une majorité pourrait voter pour Hitler, le lynchage, la peine capitale, la guerre. Une majorité croit normal de voler un riche, de voler le gouvernement. Ça voudrait donc dire que c'est bon, normal, moral?... Mais non, François. Ne te casse pas la tête avec ça.

– Mais s'il rit de nous autres parce qu'on vit deux hommes ensemble?

– Des personnes, ce n'est pas d'abord des sexes. La qualité de la relation, de la communication entre deux êtres est bien plus importante que leur sexe. Quand deux êtres humains sont bien ensemble, heureux ensemble, se communiquent tout spontanément, se sentent complets quand ils sont ensemble, ...jouissent au maximum de leur identité ensemble..., pourquoi faut-il d'abord leur regarder le sexe avant de les condamner ou de les bénir?...Regarder le sexe avant de laisser respirer, c'est un réflexe d'accoucheur!

Après une pause, joignant le geste à la parole:

– Le bonheur d'un homme peut se dire avec sa main d'homme sur une autre main d'homme, s'étendre, en le moulant doucement, sur toute la longueur de son bras, se faire cajoler sur des pectoraux, se gonfler avec ses biceps, se prouver sur un sexe. Deux fois le même sexe, quelle différence? Le bonheur n'est pas d'abord physique. La relation d'être dépasse le corps. L'homme n'est pas que chair. La chair n'est qu'un moyen et on le prend. C'est la même chose pour les femmes entr'elles.

– C'est vrai. C'est vrai comme tu le dis, mais je ne serai jamais capable de lui expliquer ça.

– Je m'en charge.

On a fait le train en silence, ou presque. François se préparait au combat. Notre travailleur social vous arriva vers 20 heures, tel que prévu.

Les présentations... Paul Bordeleau... envoyé par les parents... premier contact... et le reste de la chanson. D'emblée, il demanda:

– François, te sens-tu bien, ici?

– Je me sens très bien et je ne retournerai pas chez mes parents ou chez Madame Labrecque.

– Tu as vraiment l'intention de rester ici, comme ça.

– Oui. Monsieur Nolin m'a engagé et je veux continuer à travailler ici.

En me regardant, François a ajouté:

Le plus longtemps possible.

– Tu comprends tes parents de s'inquiéter un peu pour toi, vu que tu es mineur: ils se sentent responsables.

François qui n'avait pas cessé de me regarder, ne répondit pas.

J'ai demandé à Paul :

– Ses parents ne voudraient-ils pas plutôt l'avoir parce qu'ils ne peuvent plus lui dire de bêtises?...

– Monsieur Nolin, pensez-vous vraiment que la meilleure place pour François, c'est ici?

– Oui, monsieur! Sûrement pas chez ses parents, en tout cas!

– Qu'en savez-vous?

– J'en sais ce que François m'a dit et je crois davantage sa droiture que la violence paternelle. Quand j'ai vu François à l'école avec un oeil au beurre noir parce que battu par son père, j'ai décidé que ma tranquillité, ma sécurité passeraient après mon sens de la justice, mon respect pour un enfant...

– Votre... respect?..., dit-il ironiquement.

– Mon respect d'un enfant s'est doublé de tendresse pour un homme. Et je crois que nous nous en allons vers un grand amour.

– Pour ses parents, il n'est pas question que vous fassiez «une tapette, de François», comme ils disent.

– François était gai bien avant de me connaître..., sans doute même avant de naître.

– Ils ne comprennent pas ce qui arrive à leur fils. Ils sentent son orientation sexuelle comme un échec de plus avec lui. Ils sont portés à vous sentir responsable.

– Avoir un fils gai, ce n'est pas un échec et vivre deux gais ensemble, ce n'est pas un crime. Son père ne peut sûrement pas comprendre ça avec toute sa ...subtilité. Mais toi?

– Les parents de François veulent son bonheur. Vous ne me ferez pas croire que les homosexuels ont une vie si facile comme minorité, avec les préjugés sociaux...

François qui se préparait à dire quelque chose depuis un moment partit tout d'une traite:

– Je suis bien ici. J'aime beaucoup monsieur Nolin et je veux rester avec lui.

Paul Bordeleau, sentencieusement:

– La société me paye pour faire respecter le plus possible ses normes. Elle s'organise, se défend, se reproduit.

– Si tu penses que la société est la norme ultime, la perfection...

– Non, mais on essaie de limiter les dégâts, de tendre vers le plus d'ordre possible...

– Et on doit se soumettre aux comportements sociaux et sexuels officiels ordonnés par la société?

Peu importe le comportement homosexuel privé de plusieurs thuriféraires de l'ordre qu'ils soient pape, policier, ministre, juge?

– Remarquez que je n'ai rien contre l'homosexualité. Seulement, les parents de François veulent leur fils à la maison.

– Et tu te fais leur complice?... François a été battu, mal aimé par ses parents. Il ne veut plus rester avec eux. Ils le considèrent comme la honte de la famille. Il a déjà tenté de se suicider pour ça et ses parents n'ont même pas eu le courage de lui dire un seul mot à ce sujet, après coup. Ce sont des parents comme ça qui exigent la présence de leur fils!...

Ma voix s'était brisée. A cause de l'émotion qui me labourait le coeur, j'ai dû faire un long silence, prendre de profondes respirations... Nous étions mal à l'aise tous les trois, surtout Paul. C'était peut-être la première fois qu'il rencontrait quelqu'un qui l'affrontait sur le terrain de l'homosexualité. Était-il gai lui-même?... J'ai continué:

En tout cas, c'est à François de choisir. Ni à toi, ni à moi. Avec moi, il est libre et heureux, tu n'as à t'occuper de rien d'autre.

Paul semblait un peu abasourdi, peut-être blessé. En rangeant son petit calepin et son stylo:

– J'ai les informations qu'il me faut. S'il y a quelque chose d'autre, on communiquera avec vous autres.

En manière d'excuses, j'ai ajouté:

– Tu sais, la société, les normes, l'hypocrisie, ça me fait grimper.

– Je vous comprends, monsieur. On a au moins clarifié certaines choses.

– Certain. Mais un petit conseil, à tout

hasard: ne t'avise jamais de mettre la main sur François quand je ne suis pas là!... Tu verrais ce qu'un homme peut faire pour un autre homme quand c'est son ami!...

— Tout ce que j'ai l'intention de faire pour tout de suite, c'est un rapport sur ma visite, votre décision, vos convictions. Après, on verra.

Le travailleur social s'était conduit en monsieur. On l'avait respecté, il nous avait respectés. Je crois qu'il en avait déjà vu bien d'autres. Malgré cela, il a fallu trois jours à François pour s'en remettre. Pauvre homme! Un gai aussi mal équipé pour se défendre... Mais à mesure que le temps passait, François oubliait, se sécurisait, s'attachait de plus en plus à moi. Il s'était attaché comme on s'agrippe au mât par grosse mer afin que navigue son identité et surnage sa vérité. François dépendait de moi plus que je ne le croyais. Je lui laissais toute responsabilité pour l'aider à se prendre en mains. C'est pourquoi, il menait le cheval, conduisait l'auto, prenait les initiatives, planifiait le travail lui-même. C'était son domaine, il y prenait toute décision. SEUL.

Tellement que je me sentais son serviteur, mon regard fixé sur ses mains qui me donnaient l'exemple, même s'il me prenait pour son salut. J'étais sa tête, il était mon coeur. Si j'étais le mât, il était tout le navire, la proue et la poupe, le babord et le tribord. Il était gouvernail, voile et courant. Ma boussole, ma direction, mon vent.

Nous nous comprenions sans paroles, nous nous aimions sans serments. Le travail quotidien, côte à côte, le rythme de la terre, saison après saison, tarit les paroles inutiles, vide du bruit intérieur.

Reste un silence profond, riche, apaisant, fécond. On saisit l'autre par l'intérieur, touche à l'essentiel. On regarde ensemble la terre qui s'étend, les clôtures qui s'étirent, la semence sacrifiée, la moisson-récompense. Le soleil, la pluie, le jour et la nuit. La nature nous impose son rythme, transpose son alchimie. Nous devenons d'accord puis complices. Soumis puis amis. La terre nous a acculturés puis libérés. Identifiés à la terre, puis à l'ami, nous respirons les grands espaces où se balancent les tiges de blé, se dorent les moissons, s'enchante la vie. On communique ensemble comme deux champs voisins qui se respectent malgré la clôture, s'échangent leurs oiseaux, leurs papillons, leurs semences, et finissent par se ressembler. L'esprit saisit mieux le coeur les yeux fermés et la bouche close. Les saisons nous bercent à leur rythme et nous renvoient à l'essentiel de l'humble quotidien. C'est là que se forgent les caractères, la soumission aux lois de la raison et du coeur. On ne peut être indifférent au voisin, au coeur qui vogue auprès du sien: on est solidaire ou stérile. Nous étions solidaires.

A la fin juin, je quittais l'école pour l'aider au travail de la terre que nous cultivions depuis le printemps. On la respectait, elle nous respectait. Nous lui donnions le plus qu'on pouvait et elle nous rendait le centuple. Elle était le modèle de notre amitié. On reçoit sans compter et on donne sans compter. Les graines semées en terre ne produisent peut-être pas toutes, toujours, ou donnent parfois des fruits inattendus. Il suffit d'attendre la récolte pour voir. Entre nous, c'était tous les soirs la récolte: une bonne mesure riche, bien tassée, débordante. Ces liens d'amitié qui valaient des récoltes et bien plus. Quand le corps ne peut plus mesurer sa joie, l'âme exulte.

4

NOS HABITUDES

François ne me demandait jamais: Es-tu heureux? Aimes-tu ça?... Il le savait. On était heureux, solidaires. On ne disait pas notre bonheur, on le partageait. On suait tous les deux à grosses gouttes à faire les foins, à battre le grain, à déprendre le tracteur. Je suis certain qu'il était aussi heureux que moi: à grosses gouttes, à en être essoufflé, d'un beau gros bonheur bien rond, et trop près de la nature pour être bien mauvais. Si, à l'occasion d'un travail, l'impatience nous gagnait, je m'éloignais et allais faire autre chose quand ma présence n'était pas obligatoire. Une fois le problème réglé, il venait me voir, calmement satisfait:

— J'ai réussi à sortir le tracteur du bois et rien n'est cassé.

— Merveilleux, François! Je savais que tu réussirais. Moi, j'ai ramassé le bois coupé: ça ira plus vite demain matin.

Mais si parfois nous devions continuer ensemble et que je faisais quelques remarques contrôlées mais désobligeantes, lui encaissait en silence ou presque. La fois où il m'a fait le plus mal, sèchement:

– Mais c'est pas à moi, c'terre-là!

Je ne me suis plus jamais impatienté, après. Pendant le souper, ce soir-là, je lui ai dit tranquillement:

– François, j'ai bien pensé à mon affaire. Si on continue à bien nous entendre et à nous sentir heureux ensemble, au printemps, je partagerai ...mes dettes avec toi ...et le reste! Excuse-moi pour cet après-midi. Je te promets que je ne ferai plus jamais l'enfant de la sorte. Je te rappelle encore une fois: le bonheur que tu me donnes, jamais je ne pourrai te le rendre totalement. Je te remercie de tout coeur.

Il est resté très surpris, je pense. Il m'a regardé et j'ai bu affectueusement son regard. Le mien tout heureux, pétillant; le sien mystérieux, triste.

– Michel, je serai toujours en dette avec toi.

– Tu ne l'es pas en ce moment, en tout cas.

J'ai compris qu'il m'exprimait sa grande reconnaissance. Je lui permettais d'être ailleurs que dans sa famille, de vivre sa vie de gai et de sentir que son avenir n'était pas bouché.

Ce soir-là, il a pris l'initiative, m'a attiré sur lui, délicatement, de ses bras puissants. J'étais étendu sur son beau corps d'athlète. Ma joue contre sa joue et ses mains caressant mon dos. On s'est embrassé à n'en plus finir. Nos langues et nos lèvres se sont usées bien avant notre plaisir. Ce soir-là, nous avons fait l'Amour. La caresse ne s'adresse qu'au corps, comme la passion. Mais l'Amour, lui, remonte le long de cette tige jusqu'à l'âme dans le silence et la paix. Ce soir-là, nous avons vécu la suprématie de l'Amour sur les comportements sexuels, nous avons fait bien plus la tendresse que le sexe.

Une autre de nos coutumes: le soir après souper, nous partions main dans la main. Nous allions vers le soir qui descendait. Je lui serrais les doigts si fort, la paume de sa main contre la mienne que mon bras devenait tout engourdi. Même lui, parfois, réagissait:

– Bien voyons, Michel..., affectueusement.

Je desserrais mon étreinte. Il secouait sa main pour faire tomber les fourmis montées à son bras. Nous ne parlions presque pas. Mes pensées s'accrochaient sur le côté du chemin, mais ne s'éloignaient jamais beaucoup de lui. Ses pensées, je crois, vagabondaient un peu plus loin dans le champ. Je les sentais sauter les clôtures, fureter à l'orée du bois, au fond à droite. Il allait sûrement féconder quelques rêves à la brunante. Ou avait-il un petit renard à apprivoiser? Son Patrick à rencontrer? Mais pas déjà l'affreux petit serpent jaune!? Pas déjà!?... Mon Petit Prince!... Là, je reprenais sa main et je la serrais un peu plus fort. Était-ce peur de le perdre? Prémonition?...

Au loin, un chien aboyait, la lune étirait nos ombres, la fraîcheur nous rapprochait.

– Si nous rentrions?...

Presque toutes nos phrases commençaient par: Si nous... Nous tournions immédiatement et revenions vers la lumière. Les bâtiments s'étiraient paresseusement dans leur ombre. Le cheval couché

63

s'ébrouait parfois dans le brise nocturne. Les vaches ruminaient encore. Le chien habitué à notre routine ne bronchait pas. Le chat venait à notre rencontre pour une caresse. La pompe du puits ne chantait plus: l'eau était tirée. La nature s'était donnée. Son chant d'action de grâces, comme le chant du berger, montait à l'horizon de cet univers merveilleux de corps qui se donnent à leur âme. Nos coeurs palpitaient, nos yeux s'écarquillaient, notre âme s'ouvrait. Les fatigues de la journée rentraient à l'écurie, notre poids disparaissait à mesure que nous approchions de la maison, à mesure que nous nous approchions l'un de l'autre.

– Les cigales chantent fort: il fera chaud.

– Il y a beaucoup d'étoiles: il fera beau.

– Si on y allait?...

L'invitation irrésistible comme un sourire d'enfant, nous partions l'un près de l'autre. Nous sentions nos pieds quitter le sol, nos corps nous échapper. Nous nous élevions au-dessus des champs de blé, au milieu des odeurs de terre nourricière, dans la fraîcheur des sentiers inconnus. Ça peut avoir l'air difficile, mais quand deux amis se tiennent par la main... Nous étions de plus en plus collés, unis: c'était la communion. Quel ballet nous dansions là-haut, embrassés, caressés, toujours émerveillés! Deux beaux corps qui s'aiment, les étoiles les attirent toujours, Castor et Pollux surtout. Elles jouent pour eux leurs plus beaux airs de violons sur les cordes de l'attraction. Leurs accords caressent comme des mains qui se donnent généreusement. Un doux engourdissement encore nous faisait voir de plus en plus d'étoiles. Un vertige... et nous étions dans la mer de Tranquillité.

Dans ce décor digne de lui, François prenait quelques poses plastiques à ma demande:

– ...pour garder de toi cette image merveilleuse toute la nuit, toute ma vie, ...et pour toute la galaxie.

Sa figure s'éclairait d'un beau grand sourire. Il écartait les jambes, prenait une grande respiration, penchait un peu les épaules vers l'avant, gonflait sa poitrine, serrait ses poings et les collait lentement vis-à-vis le milieu du ventre, dans un lent va-et-vient, en arrêtant parfois pour que j'aie bien le temps de savourer et d'imprimer dans mon coeur et mes yeux, la beauté de sa force et la force de sa beauté. Ses avant-bras se couvraient de veines de plus en plus proéminentes et nombreuses. Ils se gonflaient encore et une multitude de muscles y jouaient comme dans un magnifique terrain de jeux. Ses biceps s'emplissaient à m'en couper le souffle. Sur chaque bras, une grosse veine descendait de l'épaule et allait se perdre au coude. Ses pectoraux bien définis semblaient vouloir éclater. Ses épaules prolongées par ses bras et avant-bras magnifiques, ses pectoraux et ses abdominaux irrésistibles s'élevaient en cathédrale où s'exhalaient en extase toutes mes dévotions.

Puis c'était ses biceps qu'il me montrait. D'abord, il emplissait sa poitrine, une poitrine digne de son coeur. Il levait les coudes à l'égalité de ses épaules, les poings serrés, ramenés vers la tête. Puis, desserrait l'étreinte et refermait l'étau dans un bouillonnement de muscles. Il jouait avec mon plaisir. Il regardait longuement chacun de ses biceps, à tour de rôle, puis me regardait en souriant:

– Ils sont à toi pour toujours, Michel, parce qu'ils t'aiment, eux aussi.

Et le déploiement de son dos: quelle largeur d'épaules, quelle rondeur! Puis, ses abdominaux... striés, étagés comme la planche à laver de ma mère. M'y suis souvent frotté, lavé, recouverte d'un doux savon. Ses cuisses et ses mollets! Le travail à la ferme en avait fait des cuisses et des mollets de culturiste. Il s'exécutait devant moi, simplement comme un enfant. Pour me faire plaisir. Parce qu'on s'aimait. Quelle merveille d'homme! Il s'éxécutait. Il l'a fait toute sa vie. Jusqu'à la fin.

Aussitôt couché, il s'offrait sur le dos, le bras droit relevé, la main derrière la nuque, son biceps gonflé comme un fruit bien aoûté, son avant-bras irrésistible comme un fruit défendu. Je m'approchais, prenais sa main gauche, la caressais: ses belles veines où coulait son amour, ses cals produits par un travail acharné. A son poignet, carrefour de tant de muscles, de sang, charnière de tant de forces, je posais mes lèvres religieusement. J'y sentais battre son coeur et passer toute l'énergie de son corps d'athlète. A son avant-bras, j'ouvrais la bouche toute grande pour embrasser de ma langue et mes lèvres la merveille de ce noeud de forces emmaillées, mouvantes et toujours renouvelées. Il n'avait qu'à bouger un doigt et un ouragan de muscles se bousculaient dans ma bouche attendrie, des veines prêtes à éclater s'entrecroisaient et venaient d'elles-mêmes se caresser à mes lèvres mouillées.

Si parfois j'essayais de suivre un muscle, François n'avait qu'à penser à son petit doigt, je crois, et une avalanche se produisait, me débordait de la bouche dans une explosion de force sous une peau pourtant si douce. Tant de force contenue dans un écrin de velours si caressant!...

D'autres fois, je ne voyais aucune contraction, seule sans doute, une volonté de me faire plaisir, et en solo cette fois, la danse débutait. Un premier muscle traversait la scène; il n'était pas encore rendu au bout que deux ou trois autres sautillaient déjà, le rejoignaient, l'entouraient et dansaient en choeur. Puis, François les faisait revenir en sens inverse. Cela augmentait toujours en nombre et en force, en variétés de figures et en excitations irrésistibles. Ils jouaient entr'eux à saute-moutons et à cache-cache avec moi. Si j'essayais d'en suivre un qui ondulait comme le dos d'un chat, il allait vite se cacher dans le coude, le petit galopin! François, parfois, m'en présentait un plus docile. Il s'avançait, ralentissait, accélérait puis tout à coup s'enfonçait sous quelques autres plus exhibitionnistes. Il rebondissait plus loin comme un beau dauphin, lentement, gracieusement et reprenait sa plongée pendant qu'une foule d'autres frétillaient à la surface comme les truites d'un lac qu'on nourrit. Je collais ma joue en caresse à ce lac merveilleux et sentais la force douce de tout ce monde articulé pour mon plaisir. Je me laissais bercer par ces tendres vagues de muscles, paisible chaleur d'une mère, solide protection d'un père. François, mon enfant!

Oui, ses avant-bras me fascinaient. Mais quand j'arrivais à ses biceps, j'explosais. Je les dévorais. Il les bougeait à peine et je sentais le monde s'écrouler. Ronds, durs, inébranlables, pleins de vie et de fierté, d'affection et de caresses, en plus de service généreux, protection efficace, doux désir d'offrir avec son corps, son coeur et sa vie.

Notre cérémonie se terminait toujours ma tête lovée dans son épaule, son bras d'athlète autour de mon cou; sur une joue, la forte caresse de son biceps excitant et sur l'autre, le doux massage de son coeur palpitant. Sur ma poitrine, ses pectoraux qu'il durcissait parfois en m'emportant dans un tourbillon de sensations. Puis, je les dévorais de tout mon coeur. Quel mélange de douceur et de force! Je geignais de plaisir tandis que son coeur se débattait dans sa poitrine qui se gonflait de plus en plus rapidement. Étendu à plat ventre entre ses jambes écartées, ma bouche pleine de ses pectoraux mouvants, mes deux mains caressant fortement les biceps de ses deux bras bandés, tandis que le long de ma cuisse son autre muscle merveilleux, dans le même état que ses biceps, excité comme son coeur, frappait à la porte de mon désir. Le ciel ne peut être mieux que cela. François, mon paradis!

Qu'il faisait bon travailler tout le jour pour partager le soir, de tels instants de bonheur! On s'enroulait dans les couvertures d'ombre du crépuscule où soupiraient les désirs contenus tout le jour. Nous les goûtions, sans arrière pensée, comme tout naturels, dans l'apaisante et lente respiration de l'obscurité silencieuse. Notre simplicité, notre paix, c'était notre vertu. Notre joie profonde, totale, toujours émerveillée, notre pureté. Notre bonheur de vivre ensemble, travailler ensemble, nous sentir parfaitement heureux ensemble, notre conscience. La lune nous accueillait, les étoiles nous chantaient leurs ballades, toute la nature vivait en paix avec nous. Dans l'ombre du quotidien respirait un grand amour. Que demander de plus? Nous étions heureux, n'est-ce pas le plus beau témoignage?...

Le lendemain, nous ne parlions pas

beaucoup: nous n'en avions pas besoin. Tout avait été dit. Et c'était toujours un lendemain! Nous préférions le langage du coeur. Il est tellement plus profond, expressif, même s'il est un peu moins précis. Mais les gestes, par exemple!... Nos regards, nos sourires, nos émotions: quel langage! Pour moi, tout me sortait par tous les pores de la peau. Il n'avait qu'à me caresser pour me lire. De ses belles grosses mains, il lisait le braille sur mon corps à livre ouvert. Et moi, je me livrais à l'écriture sur son corps. J'écrivais à l'encre blanche sur tous ses muscles merveilleux que j'adorais. Je dessinais des châteaux, traçais des itinéraires, rédigeais des serments. François, voie lactée!

Quand sa main calleuse si forte se posait sur ma nuque en une douce caresse quand elle aurait pu la briser, quand sa main caressait mon bras si frêle comparé à la force de son bras, quand son regard pur et profond comme la source du trécarré plongeait dans le mien et que mes jambes fléchissaient, quand j'appuyais ma tête sur son épaule musclée et que par le silence seulement on se confiait les secrets de nos coeurs, alors des bruits pouvaient se faire entendre chez les voisins, le ciel se charger de nuages et les loups au loin hurler, la sérénité de deux coeurs qui s'aiment sait d'instinct que le soleil revient toujours et que la nature a des droits inaliénables. François savait que j'adorais sa force; je savais qu'il appréciait ma tendresse. Mais au fond, notre tendresse était commune, notre force, c'était l'amour.

Quand il se levait de table, il posait sa main droite sur ma gauche que j'avais laissée là négligemment... Une pression doucement forte et je suffoquais d'émotion. Il savait que je l'admirais, que je l'aimais. Je savais que c'était réciproque. Nous étions heureux. Ma joie était trop profonde pour n'être commandée que de l'extérieur. L'amour de François y était pour beaucoup. Il tirait la manche de mes émotions: allez, allez, sortez!... Et je les sentais éclore comme des roses, s'épanouir sur tout mon corps comme des frissons multicolores.

Un soir d'automne, après souper, j'ai pris une feuille sur le coin de la table et j'ai lu:

– Pour te dire merci. *Ce printemps, François, tu m'as planté au champ de ma joie. Avec toi, tous les instruments aratoires, tous les gestes humains se complètent, se répondent en choeur, préparant le terrain. Et maintenant, l'avoine est engrangée, cette moulée de demain. Le maïs, le foin sont soumis à leur destin. Le bois est entré, séché, prêt à réchauffer. Toutes nos provisions sont préparées pour le futur. Surtout notre admiration, affection mutuelle qui se dit chaque jour ne craint pas de disette. L'hiver peut venir, ce vilain Vagabond, nous pourrons lui payer son écot. Dans notre petite maison d'oiseaux où roucouleront nos doux souvenirs, nous nous tiendrons bien au chaud, nous regardant dans les yeux, nous embrassant sur les lèvres. Nous nous caresserons toute notre saison. François, l'hiver peut venir: nous nous aimerons.* J'ai écrit cela en préparant le souper.

Ses yeux se sont enflammés, il rayonnait comme un doux soleil discret. Puis, comme s'il n'était pas digne de mon merci, comme s'il n'en méritait pas tant, a semblé un peu gêné. Sur sa figure, une petite rougeur. Il m'a regardé, et ne sachant comment cacher son émotion, il m'a posément souri et continué son café. Incapable de parler. Mais l'atmosphère était pleine et savoureuse comme à l'intérieur d'une bonne pomme juteuse. En se levant, il s'est arrêté derrière moi, s'est penché – c'est toujours lui qui se penche – a allongé ses deux mains sur ma poitrine et appuyé la sienne sur ma tête. Je sentais battre son coeur sur mes tempes pendant que ses mains pétrissaient le mien. J'avais les yeux pleins d'eau. Il a posé un long baiser sur mon front et s'en est allé.

Tout chantait dans la maison. Je ne voyais que des fleurs partout et des pétales qui tombaient sous mes pas. Nous n'avons pas lavé la vaisselle, ce soir-là. J'ai sorti et nous avons pris la route ensemble comme d'habitude.

– Je te tiens par la main, que s'étire le chemin!

Nous avons vu des étoiles comme jamais!
– Il fera très beau, demain.

L'AUTOMNE, TRÈS LONG

5

LE PIÈGE SE REFERME

Le dimanche après-midi, nous attelions souvent le cheval pour une promenade sur notre ferme. Nous tirions nos plans pour nos travaux à court terme et à moyen terme. Le bois à couper, une rigole à régulariser, la rotation des cultures, une pagée de clôture à retoucher... L'oeil du maître engraisse le cheval, il engraisse aussi la terre. A l'instar de cette terre, nous aimions voir et sentir sur notre peau les marées de soleil entrecoupées de nuages qui s'étendaient à perte de vue sur l'avoine qui s'en gorgeait; les vagues du vent qui caressaient le champ comme main invisible, frissons sur le corps; l'eau primale qui s'infiltrait partout, au coeur de la semence, assouplissait, nourrissait, gonflait l'épi comme mère première, sel de la terre.

Nous demeurions si loin du chemin et les voisins parsemés si loin de chez nous que nous pouvions vivre à notre guise sans surprendre qui que ce soit. D'ailleurs, notre premier voisin, les

Martel étaient des gens charmants, honnêtes et simples. Ils savaient bien ce qu'on vivait et on ne s'en cachait point. Ils nous acceptaient. En campagne, les choses se sentaient, se devinaient bien plus qu'elles ne se disaient. La nature suivait son cours. On répondait si des questions se posaient sinon s'imposait la vérité. On partageait souvent les corvées comme c'était coutume. Guy, un grand garçon de 20 ans, aidait son père sur la ferme. On le sentait très près de nous. Intéressé, mais discret. Un coup d'oeil, mais jamais de questions. Tellement empressé à nous rendre service!... Guylaine, 18 ans, aidait sa mère. Puis deux autres garçons et filles, plutôt orientés vers leurs études. On ne les voyait pas beaucoup. Les autres voisins, plutôt des inconnus.

François était devenu bon copain avec Guy. Ils sortaient souvent ensemble. François revenait chez moi parfois très tard, souvent éméché, toujours seul. Le lendemain, il dormait jusqu'au dîner.

– Comment a été ta soirée, hier?

– Pas mal. J'ai été au club avec Guy, près de la Transcanadienne. Trop de monde, mais bons spectacles.

– Ça t'a fait du bien?

– Bien sûr.

Une fois, il était allé seul dans son coin à Saint-Valérien, voir des amis qu'il m'a dit. Ils avaient fêté les retrouvailles à la drogue. Pas joli, le retour. Du côté de sa famille, je ne savais pas trop ce qui se passait. François avait téléphoné une couple de fois, à ma connaissance. Ils semblaient s'être résignés.

Erreur! Au milieu de l'automne, François reçut un téléphone pendant que j'étais à l'école parce qu'ils avaient peur de moi. Quand je suis arrivé, j'ai compris que c'était le téléphone rouge qui avait sonné. L'hiver nucléaire se préparait. François était dehors, à la porte de l'auto avant que je descende.

– Mon père m'a téléphoné, il veut que je retourne. Je dois travailler pour la Labrecque.

Blême, tremblant de tous ses muscles, il s'accrochait à moi désespérément. Un colosse devenu enfant. Je ne savais que dire. Et il attendait ma réponse. LA réponse. LA solution.

– Attends un peu, on va rentrer.

Je cherchais à gagner du temps pour réfléchir, comprendre. Après une dure journée de travail, je ne m'attendais pas à tomber sur le casse-tête dont le morceau principal était toujours réclamé à Saint-Valérien. Mais moi aussi, j'en avais besoin pour moi ...et pour lui-même. Un être humain ne se ballotte pas comme ça d'une place à l'autre, d'un foyer nourricier à l'autre. Ma serviette d'une main, sa main dans l'autre, je suis entré à la maison.

– Michel, qu'est-ce que je vais faire?

L'angoisse ne pouvait avoir d'autre visage que celui de François. Il me regardait fixement, tendu, prêt à éclater. De mon côté, j'imaginais: encore une crise de son père... ou une peur injustifiée de François... J'ai voulu minimiser l'affaire. Et répondre à une question ambiguë... Avec une pointe d'impatience:

– Mais pourquoi, François?... Qu'est-ce qu'ils t'ont dit? Qu'est-ce qui se passe?

Je venais de le blesser jusqu'au fond de lui-même. Il m'avait montré son coeur nu et je le

77

flagellais. J'étais sa bouée et je me dégonflais. Après un silence embarrassant que j'ai voulu écourter:

Mais dis-moi le quoi, le pourquoi!...

Un tel langage d'intellectuel devant une telle détresse existentielle lui a semblé comme abandon de Daniel dans la fosse aux lions. Il s'est refermé comme une sensitive. Son mutisme me faisait très mal. Le plus délicatement possible:

François, ce que je veux dire: qu'est-ce que ton père t'a dit, au juste?

– Il m'a dit de retourner à la maison.

– Pourquoi est-ce que tu dois retourner?

– Pour travailler chez la Labrecque.

– Tu sais bien qu'ils ne peuvent pas t'y obliger!

– Oui, ils le peuvent maintenant!

– Mais pourquoi?

– Ils le peuvent.

Pas moyen de lui faire dire pourquoi. C'est alors seulement que j'ai deviné le drame chez cet enfant décomposé. Avec toute ma tendresse, mon affection:

– François, si tu ne le dis pas, je ne pourrai pas t'aider.

Lui, avec des sanglots dans la voix:

– Tu ne pourras jamais plus m'aider!

Après une longue pause,

Et je ne pourrai plus jamais t'aider...

Il partit dans la chambre et referma la porte. Après un moment assez long comme signe de respect de son silence et assez court pour ne paraître d'indifférence, j'ai été frapper.

– François, j'ai beaucoup de peine devant ta douleur et je voudrais t'aider. Est-ce que je peux entrer?...

Après un moment, j'ai tâté la poignée de la porte. Barrée.

– François, je respecte ton silence. Je reste au salon un bout de temps puis je vais faire le train. Repose-toi, détends-toi et après souper, on jasera de tout ça. Mais de grâce, ne te laisse pas démolir par ton père! ou la Labrecque!

A ce nom, je l'ai entendu éclater en sanglots. Ce qu'on peut être démuni quand une porte nous sépare de notre ami! J'avais mes raisonnements; lui, ses sanglots. Encore aujourd'hui, c'est la même porte, le même mur, le même mystère qui nous sépare. Une serrure. Quand aurais-je la clé pour revoir mon ami qui sanglote? Me coucher auprès de lui, ma tête sous son aisselle, à communier aux battements de son coeur?...

J'ai fait le train tout seul. Il avait préparé le souper. Nous avons mangé, mais il n'a pas voulu me donner la raison du rappel dans la fosse aux lions. J'ai encore respecté son silence.

– Au moins, François, retiens ceci: tu as un ami et tu sais qu'il ferait tout pour toi.

La digue croula. Encore les gros sanglots qui secouèrent tout son corps. Il essayait de contrôler ses spasmes, mais sa gorge se déchirait, les écluses s'ouvraient et toute la peine du monde jaillissait de ses yeux douloureux. Ses épaules se soulevaient, sa tête s'agitait sur ses bras repliés. Mon ami souffrait tellement!... Je me suis agenouillé près de cette plaie à ciel ouvert, ma tête sous son bras droit, ma main sur son épaule. Le silence compatissant nous tenait par la main. Il nous a soudés. Le soir, je l'ai caressé comme on caresse un grand blessé, avec d'infinies précautions. Je sentais sa détresse; il sentait ma tendresse.

Veux-tu, François, on va en reparler demain?...

Il m'a serré si fort!...

A mon retour, le lendemain après-midi, il était parti. Un petit mot sur la table: «Michel, je dois rentrer à Saint-Valérien. Ne t'inquiète pas. Je t'aimerai jusqu'à la fin. François». C'en était trop. J'ai tout de suite téléphoné chez ses parents. François n'était pas là.

– Où est-il? Qu'est-ce qui va lui arriver? D'abord, pourquoi doit-il retourner chez Madame Labrecque?

– Il lui a fait un enfant.

– Vous croyez ça, vous autres?

– Madame Labrecque nous en a donné la preuve: son mari est stérile. François doit retourner prendre ses responsabilités.

– C'est le truc que vous avez trouvé pour le faire partir d'ici!.,.. Vous voulez le démolir!... Vous êtes des sans coeur!

Même la ligne coupée, je continuais:

Vous voulez le tuer. Vous êtes des parents dénaturés.

J'ai rappelé.

François n'est plus ici et il n'est pas chez vous. Ça veut dire qu'il va se cacher encore. Je vous avertis, il ne résistera pas, cette fois-ci. Je vous avertis, s'il se suicide, je vous dénonce comme assassins: il m'a parlé de la fin. Vous ne voulez pas que je l'aie vivant, vous l'aurez mort, si vous continuez. Vous êtes des meurtriers! Meurtriers!

...même si la ligne était encore coupée. Une rage sourde s'était emparée de moi.

Puis, ce fut le déluge. Et je n'avais pas prévu d'arche. J'ai pataugé dans mes sentiments, désorienté, désaxé... et je suis parti chez le voisin. Il était dans le hangar avec son garçon à corder son bois pour l'hiver. Un homme défait comme moi, ça se reconnaît de loin. Il s'est retourné, je me suis senti accueilli. J'ai hésité, je me suis jeté dans ses bras. Je crois qu'il m'y invitait. J'ai fini par dire, ma joue collée sur son épaule:

– François est parti.

Une fois contrôlé, je le serrais encore très fort dans mes bras. En reculant, gêné:

– Excusez-moi, Monsieur.

Je crois qu'il avait envie de pleurer. On ne pouvait rien dire, ni l'un ni l'autre. Son fils n'était plus qu'un frémissement. J'ai balbutié:

– François est parti.

On n'avait pas besoin d'ajouter quoi que ce soit. Les émotions disaient tellement plus que les mots. Mon oeil gauche échappait quelques larmes. Du bout du pied droit, je poussais quelques écorces séchées. Le père replaçait inutilement quelques morceaux déjà cordés. Guy brûlait de poser des questions. Il a semblé soulagé quand son père lui a dit:

– Tu iras aider Monsieur à faire le train. Je n'ai pas besoin de toi, ce soir... et tous les autres soirs tant que François ne sera pas revenu.

Un silence très riche nous enveloppa tous les trois. Après un moment, penché pour ne voir personne, en reculant, gêné:

– Excusez-moi encore, Monsieur.

Et je suis parti. J'ai entendu le père ajouter:

– Et tu resteras à souper avec lui.

J'étais trop ému, bouleversé pour réaliser

81

toute cette délicatesse d'un homme, toute cette tendresse d'un homme!... En suivant mes jambes, comme un vieux cheval qui revient d'instinct chez lui, je me suis retrouvé chez nous ...chez moi. J'ai pris un cognac, puis un deuxième, puis... devant moi un papier sur la table qui me déchirait le regard: Adieu, aurevoir. François. Bonne chance. Jusqu'à la fin...Tout était mêlé. Le chien grognait de temps en temps comme si un étranger entrait dans la cour.   C'était moi, le corps étranger dans ma propre demeure. Étranger à moi-même. Exilé chez moi. Je suis allé me jeter sur le lit. Le temps s'évanouit.

De très loin, une main me secoua l'épaule. Elle me secouait ou me caressait?

– Monsieur, je vous ai préparé à souper. ...préparé à souper...

– Hein?... François?...

– Non, c'est seulement Guy. Je vous ai préparé à souper.

– Guy!

Je sentais mes joues brûler, mes mâchoires désarticulées, ma tête congestionnée.

Guy?

...le corps tout engourdi, les jambes si molles...

François!

... la poitrine vide. Le corps déserté.

Oui, François, viens près de...

– Mais non, c'est Guy!

– Guy, notre voisin?

– Bien oui. Je vous ai préparé à souper.

– Souper?

Guy me secouait, je pense. Sous sa douce

insistance, je me suis levé. J'ai mangé quelque peu d'abord et bu abondamment. Puis, j'ai ressenti de nouveau la morsure d'une absence. François!...

– François est parti, hein?

Guy n'a pas répondu. Douloureux:

– Buvez encore un peu, Monsieur.

Le vendredi suivant,

– Michel! Michel! Je n'en peux plus! Ah! Michel...

On s'est serré si fort! Si fort!...

– Ah! François!... Je n'avais qu'un petit papier de toi. Je me suis... François!

François, Michel: on était tout mêlé. Lequel était lequel? On restait collé, on se tenait toujours le bras puis la main. De peur d'être à nouveau séparés. Puis on se recollait tout entier. Joue contre joue, le corps soudé, les mains nous caressant le dos mutuellement. On a dû rester des heures à se balancer de gauche à droite, à se répéter nos émotions presque toujours silencieusement. Il me serrait tellement fort en retenant son souffle. Puis, dans une grande respiration, il me lança avec tout l'air de ses poumons:

– Ah! Michel, si tu savais!...

Avec ce seul petit mot de deux syllabes, «savait», dit avec l'accent de la pure détresse, il m'a exprimé toutes ses angoisses, ses vertiges, son désespoir. Il avait tellement besoin de moi! Mais moi, ...pourrais-je survivre sans lui?... Était-ce présage de ce qui nous attendait?... Quoi qu'il en soit, on a vécu des moments que seul un silence respectueux peut décrire. François, mon François!

Il vivait aux mêmes endroits, de la même façon, et aussi malheureux que lors de sa première fugue.

– Eric Labrecque est-il venu pour me chercher?

– Il a téléphoné. Il doit bien s'entendre avec ton père, ce type-là?

– Ils sont pareils.

– Labrecque dit que tu dois travailler là gratuitement pour compenser. Mais ne jamais coucher chez lui. Ton père doit te fournir une auto.

– C'est bien ce qu'il m'avait dit aussi. Je ne ferai jamais ça!

– Tu as raison, n'accepte jamais ça! Mais pourquoi tu n'as pas voulu me parler de cet enfant?

– J'avais honte ...et j'avais de la peine à te faire de la peine...

– Bon, oublions ça. On passe la fin de semaine ensemble?... Tu te détends et on organise un plan.

Le samedi midi, Labrecque était dans la cour. Ivre. Les injures, les menaces, tout y a passé. Quand Labrecque m'a frappé, François a sauté dessus et l'a massacré. Traîné dehors, on lui a jeté une chaudière d'eau à la figure, puis les restants ont fini par partir.

Labrecque, tuméfié, avait sûrement quelques côtes de cassées, mais rien de très grave. On était sûrs qu'il ne reviendrait pas avant sa prochaine brosse, dans trois, quatre jours peut-être. François, nerveux, ne se contrôlait plus. C'est la première fois qu'il frappait quelqu'un.

– Il va revenir. Il va se venger sur toi, sur ta maison quand tu ne seras pas là. Il va toujours me rechercher.

– Du calme, François. On va s'organiser. Je vais emprunter le révolver de Daniel et on l'aura

84

toujours à la maison.

– Puis la police?

– Si la police vient, on lui dira la vérité. Le pire, c'est qu'ils t'accusent de voies de fait. Mais moi aussi, je peux accuser Labrecque de voies de fait à mon endroit. Quant aux frais d'avocat pour toi, je m'en charge. Nous sommes copains, non?

Mais rien à faire: il voulait partir. Je l'ai reconduit à l'entrée de la ville comme la première fois. Suis revenu avec le révolver.

Quelques minutes plus tard, la police arrivait. En effet, accusations de voies de fait dans les deux sens. François devenait recherché. Le soir même, il m'appela comme convenu. Après les nouvelles,

– Michel, j'ai envie d'aller me tirer sur la terre du voisin pour ne plus te causer de problèmes.

– Bien voyons donc. Arrête ça! François, te rends-tu compte que je t'aime?... Je voudrais passer ma vie avec toi, j'ai besoin de toi ...et tu veux me sacrer là comme une vieille chaussette? Voyons, qu'est-ce qui se passe?...

– Je te cause des problèmes puis toujours mon père, la police, puis maintenant, Labrecque. Ça va être de même toute ma vie.

- En tout cas, je ne comprends pas que tu traites notre amitié tellement à la légère. Penses-tu que je ne puis pas payer un avocat? Que je ne puis pas te débarrasser de ton père et de Labrecque?... François, s'il te plait, ne me fais pas de peine comme ça!

Ce fut son premier gros coup de canon avec moi. Je me devais de le tenir à bout de bras, mais où était-il? dans quel état?... Pas facile. Je ne pouvais pas l'appeler. M'appellerait-il à temps?... Seul, il ne pouvait garder foi en lui-même. J'ai téléphoné à ses parents.

– Votre gars est en danger. Il m'a parlé de suicide. Je crois que c'est grave. Encore une fois, foutez-lui donc la paix. Voulez-vous le tuer?...

– Non, c'est toé qu'on va tuer.

Ce fut mon dernier téléphone à ces fous-là. Et les événements se sont précipités. Surveillances, téléphones, démarches par les avocats. François soupçonnait toute voiture, toute personne qui l'abordait, interprétait toute parole, voyait l'auto de son père partout, puis celles de ses oncles, etc.. La police est venue rencontrer mes voisins, leur demander si je ne cachais pas des «petits jeunes» chez moi...

– ... on ne sait jamais... Le jeune qui était là a battu son ancien employeur et il est recherché, même par ses parents. C'est pour vous dire... Vous n'avez pas eu de problèmes avec ce voisin-là?... Si vous voyez quelqu'un de suspect chez lui, avertissez-nous. Il faut se protéger.

En effet, la police devait SE protéger, elle aussi. Surtout depuis que j'avais porté plainte contre le policier pour arrestation illégale. Je m'attendais bien à quelques coups de dents de leur part. François a fini par le savoir: il était au désespoir. C'est Guy qui m'a mis au courant. François pensait que la ligne était tapée chez moi. Il téléphonait chez nos amis, les Martel. ...Puis j'ai eu de moins en moins de nouvelles, j'étais de plus en plus inquiet. Une nuit, il m'est arrivé en catastrophe.

– Michel, j'ai besoin d'argent. Fais-moi confiance.

Suppliant, devant mon silence:

– S'il te plaît, Michel!

Il lui fallait cent dollars. Il est reparti aussi vite. De drôles de gens l'attendaient dans l'auto.

– Je te fais bien confiance, François. Je t'aime aussi. Peux-tu m'appeler plus souvent?... Mais, s'il te plaît, ne fais pas de mauvais coups. Je veux bien t'aider, mais sois correct.

– Bien sûr. Ne t'inquiète pas.

Un beau bec. Les lèvres étaient au rendez-vous, mais pas le coeur.

Que se passait-il donc? Dans quel pétrin s'était-il fourré? Je n'ai pas dormi le reste de la nuit. Je pensais à François, bois d'épave, balloté sur le fleuve de la vie, dans l'insécurité de la fuite, à la dérive de l'espoir, vers la rive du désespoir. Toujours l'inconnu, l'appréhension du danger, le rocher à fleur d'eau, la chute, l'abîme noir, le néant. Brisants. L'espoir, le désespoir, est-ce deux chemins pour la même fin? Pourquoi lui, a-t-il le désespoir?... Parce qu'il n'a pas développé de réflexes contre la méchanceté humaine? Et moi, l'espoir, parce que j'ai réussi à m'accrocher, surnager?... Qui l'a poussé à la dérive? Pourquoi?... Parce que deux hommes sont heureux ensemble?...

Tuer un enfant par conformisme est pire que tuer pour un peu d'argent. Tuer la jeunesse dans un adolescent est plus criminel qu'un jeune homme qui vit avec son amant. Tuer un amant parce qu'il aime plus, tendresse plus, est-ce bien juste?... Plus le temps passait, plus la pression montait. Plus l'hiver me glaçait. François, mon amour, où es-tu donc passé?... François, mon

amour, m'as-tu donc oublié?... François ne répondait pas.

6

CONGÉDIÉ PAR LA SOCIÉTÉ

Le Directeur de l'école me convoqua par écrit à son bureau pour le lendemain, 22 décembre, après le dernier examen. En me remettant la note:
– C'est très important. Pourrez-vous être là?
– Oui, bien sûr. Est-ce si grave?
– Vous verrez ça demain.
– Dans ce cas, il serait bon que j'amène un témoin comme le prévoit la convention collective.
– Oui, trouvez-vous quelqu'un.

Le délégué syndical a eu droit en même temps que moi au spectacle d'une société qui avait secrété son venin dans un lent pérystaltisme aussi sûr qu'hypocrite et qui me piquait à la base du coeur, par la lancette d'un Directeur d'école interposé. Son – leur – venin s'est instantanément répandu. Foudroyé... j'étais congédié. Les raisons:
– Des plaintes de vos étudiants et de leurs parents. Votre réputation, les problèmes que vous

avez dans votre vie privée font que vous ne jouissez plus de la confiance de la population en général et des parents de vos élèves en particulier. L'administration de la Commission scolaire se voit dans l'obligation de vous suspendre immédiatement de vos fonctions. En janvier, lors d'une prochaine réunion des Commissaires, vous serez officiellement congédié. C'est la procédure habituelle. Prenez immédiatement vos effets personnels à l'école, car vous ne pourrez plus y revenir,... vu votre moralité.

«...votre moralité» avait dans sa bouche la saveur d'une victoire, d'une satisfaction qu'il n'a même pas essayé à cacher. Une éjaculation intellectuelle, morale d'un super-pur, gardien de la foi, de toute une civilisation. ...Il faut protéger notre jeunesse..., notre race aryenne... Le pédé, l'empêcher de nuire... Tout l'appareil administratif, avec la complicité hypocrite de présidents de clubs sociaux, du curé sans doute et de quelques homophobes qui entrent en rut chaque fois qu'ils dénoncent des gens qui vivent ce qu'eux-mêmes désirent secrètement et qu'ils se refusent par lâcheté, avaient fourbi leurs armes en secret et venaient de m'exécuter. Un grand coup de poignard dans le dos. J'étais là, devant lui, à perdre mon sang. Scabreux... sans cesse revenait à mes oreilles. Scabreux: mot retroussant, choquant qui porte à ouvrir un parapluie, para-saletés, mot inventé par les purs-purs, les vierges non consommées parce que non consommables. Le Directeur ergotait sur un écriteau quand un homme expirait devant lui. Il me regardait de son regard vampirique. Béatement satisfait. Auréolé de la gloire hitlérienne. Une société se venge de l'insoumission. La calomnie, l'injustice, la mort, tout peut être utilisé pour se débarrasser de toute feuille de couleur différente, de toute fleur qui ne ressemble pas aux autres, de toute tige qui ne pousse pas dans le bon pot. Qu'elle soit stérile n'a aucune importance, seule compte l'apparence, le pot. La vie, c'est l'uniformité; la vie, c'est la monotonie. Le but, le pouvoir! Tu ressembles aux autres ou tu meurs. Tu disparais dans le feuillage ou tu seras é-mondé. Il n'est pas question que tu prennes de la sève pour une autre chlorophylle. Notre couleur ou la mort. Crois (dans le pot) ou meurs!

Je me sentais peu à peu sortir de mon corps, m'évader. Je voyais de moins en moins distinctement, je n'entendais plus que des murmures. Je flottais. Triste comme une pierre. J'ai vu un échafaud. Mon échafaud. C'est aussi impressionnant qu'inévitable quand c'est son échafaud. Quand on monte à son échafaud, tout devient si relatif. Tout change tellement de perspectives! Ce que peuvent penser les autres, les motifs de leur présence à l'exécution, leur pitié ou leurs ricanements... On est renvoyé à soi-même. Totalement. On vit intensément. Au ralenti. Tout à fait au ralenti. Chaque respiration a une saveur nouvelle, totale, profonde. Complètement satisfaisante. Je ne savais pas qu'il faisait si bon respirer. Quelle fraîcheur, l'air passant dans la gorge! Puis cette sensation dans les poumons qui se gonflent doucement, on dirait que l'air pur, – la vie – pénètre et se répand partout dans toute la cage thoracique. Ce doux étirement, cette sensation de plénitude, de perfection. On dirait que le coeur prend la relève et bat dans tous les pores de la peau, coule partout comme une caresse intérieure. Puis les poumons se vident lentement. L'air, sa mission accomplie, revient en douce chaleur dans les narines. Totale satisfaction. A l'extérieur, l'air caresse toute la peau. Sentir une toute petite brise est une douceur qu'on n'avait pas souvent remarquée. Dès la première marche de l'échafaud c'est l'enchaînement des mouvements sur toute la longueur du corps, cette souplesse qui caresse toutes les articulations: douce pression sous le pied posé sur la marche, point d'appui comme la main d'un ami, gonflement du mollet qui s'emplit de vie, chaleur dans le genou, doux étirement à l'arrière de la cuisse. Mes hanches: tiens je n'avais jamais remarqué... Les bras se balancent comme dans une danse synchronisée, ralentie, élégante, naturelle et reposante. La tête se penche un peu vers l'avant, puis se redresse comme un salut à la vie. Première marche.

Et la poitrine qui se regonfle. Remplie, c'est un bien-être si profond: il rejoint plus que le corps. Il me semble que je vois plus clair, que mes oreilles entendent mieux... et l'air sent si bon, goûte si bon! Il goûte la bonne eau fraîche du puits où je buvais avec François en revenant de travailler. Assis sur la margelle, en sueurs, sales, fatigués. Quelques coups de pompe et l'eau jaillissait en débordements, largesses. Dons gratuits. Dans le gobelet, il en restait si peu. La plus grande partie offerte en hommage à notre amitié. Débordante comme notre relation. En milliers de petites gouttelettes de fraîcheur qui explosaient de joie dans le paisible soleil d'horizon. Bien sûr qu'on ne devait pas être là, assis sur le bord d'un puits, près d'une vieille pompe avec deux vieux gobelets écaillés, à moitié vides d'eau fraîche, à trinquer avec un large sourire, une douce émotion, une profonde affection.

- Merci, François d'être là.
- Michel, je me sens si bien!

Non, on est des hommes. Nos yeux ne peuvent pas briller en présence l'un de l'autre. On ne peut pas se verser quelques gorgées d'eau sur la tête ou se les lancer en plein visage. En riant. Non. On pourrait le faire, deux hommes, mais en sacrant. La fraîcheur de l'eau, la fatigue de la journée, l'émotion de deux coeurs, ne peuvent être ressentis, dits, partagés que par un homme et une femme. Assis dos au puits, François, sa large main sur la margelle appuyée, doigts écartés semblait inviter la mienne. J'appuyais ma main sur sa main si forte, si généreuse, si protectrice. La plupart du temps, sur nos deux mains ainsi données, je vidais lentement le reste de mon eau comme un sacrifice d'action de grâces, une bénédiction, un serment muet qui coulait entre nos doigts, pénétrait, rafraîchissait nos fatigues, émouvait nos coeurs. Cette eau qui avait consacré nos deux mains réunies, béni notre caresse, glissait jusqu'au sol pour étancher la soif des fourmis et nourrir les brins d'herbe reconnaissants. D'une telle amitié, rien ne se perd. Parfois, un petit baiser rapide sur nos lèvres alanguies goûtait la terre, la sueur et la vie. La plupart du temps, silencieux comme des gens qui s'aiment assez pour s'échanger leurs pensées, leurs émotions sans parole, sans promesse, sans éclat. Nous restions près du sol, près du puits, près de la vie. Mais c'est défendu! Monsieur le Curé l'a dit. Deuxième marche.

La jambe se pose, se détend. Le pied prend position, s'installe comme chez lui, se gonfle de chaleur. Un sang si chaud, si liquide encore, pénétrant, emplissant, nourrissant comme une respiration.

Je revois l'avant-bras veineux de François. Un treillis de veines gonflées de sang, qu'il emplissait et libérait à tour de rôle. Elles se rejoignaient puis s'éloignaient, coulaient entre les petits gonflements mouvants de ses muscles, les accompagnaient puis les dominaient ou disparaissaient. Elles réapparaissaient sur sa belle grosse main épaisse et dure, leur dernier relais. Elles retournaient à son coeur rendre compte de leur mission.

– Oui, nous lui avons dit que tu l'aimes, que tu bats pour lui.

– Retournez lui dire encore.

Ce lascis de veines s'emplissait à nouveau, me chantait son message. La force de son coeur y coulait en innombrables pulsations. Les houles du sang soulevaient sa poitrine et berçaient nos plaisirs. J'y entendais son coeur au coeur de sa force. J'y buvais de mes lèvres attendries ses battements si doux. Ah! toutes ces veines d'affection de mon François, ces multiples canaux, tous ces muscles mouvants...: je n'étais qu'une caresse sur cette géographie de son coeur.

Pendant des heures, je caressais sa fatigue, bénissais son service, communiais au corps et au sang de mon ami dans une action de grâce émue. François, mon Viatique. Lui, parfois, semblait se demander si je ne gonflais pas un peu ma joie. Puis, rassuré, se livrait de nouveau au service de nos plaisirs. Il continuait sa journée, consacrant tout son corps éclairé de toute son âme, à labourer mon corps, semer dans mon âme ses éclats de soleil, soulever mes émotions par grands voiliers, remuer chacune de mes mottes, m'assouplir, me rendre plus meuble, puis, à pleines mains, à la volée, dans le geste ample et généreux du semeur qui puise la semence dans son coeur, la lançait, plein d'espoir, à ma terre recueillie. Ah! le rituel de mon Ami, la gestuelle de notre Amour!...

Une autre marche. Le pied soupire de satisfaction. Mon pas, pensant, dans l'escalier, réfléchit sur la marche. Soulève quelques misères, les abandonne, se libère et se donne. Acceptation. Libération. Mes poumons vont respirer plus haut. Mon regard aussi. Le mépris reste un peu plus bas.

– Il parlait de sexualité pendant les cours de sexualité.

– Il mettait les mains dans ses culottes pendant les cours.

– Il avait des jouissances faciales en classe.

– Il est entré une fois dans les toilettes des filles.

– Il savait quand les filles étaient menstruées.

– Il a donné un coup de poing à une fille.

– Il a sûrement déjà fait une dépression nerveuse.

Le soleil descend un peu plus à l'horizon, ses couleurs de plus en plus châtoyantes réjouissent mon regard qui n'en perd aucune goutte. Encore une marche. Encore une respiration. L'air descend comme la gorgée d'eau savourée avec un ami. Il descend, lave, nettoie l'intérieur. Les poumons s'agrandissent tellement: est-ce que c'était toujours comme ça avant? L'air ressort,... c'est si doux, reposant! Tous les muscles de mon corps se donnent la main, du bas jusqu'en haut, pour déployer comme une souplesse, un baiser à tous mes os qu'ils complètent. Un beau ballet où tout l'enchaînement n'est qu'harmonie et beauté.

Je revois sur la ligne d'horizon, François dansant la chorégraphie de la perfection. Ces gestes du corps pour les yeux du coeur. Dans le crépuscule, là où le ciel touche à la terre, où la perfection de l'homme rejoint la perfection de Dieu, François déploie toute sa force devenue grâce et légèreté, douceur et beauté. Dans des mouvements parfaits comme savent les exprimer les dieux de la danse pure, tous ses muscles se donnant la main, s'enchaînent en harmonie, se caressent du bout de l'aile. Des yeux et du coeur, je m'abreuve encore à la merveille de son corps d'athlète qui danse l'harmonie parfaite devant toute la nature émue et le ciel attentif. Une autre marche.

Tiens, un battement de coeur un peu plus rapide. Le crépuscule un peu plus rouge sang. L'air un peu plus frais. Il faut bien monter pour mieux tomber. J'étais monté très haut, trop haut.

— Michel, tu es notre héros.

— Tu es le meilleur professeur qu'on n'a jamais eu.

— Musclé du coeur et du cerveau.

— Tu es le feu qu'il fallait à notre milieu.

Une plate-forme. On ne sera pas nombreux, là-haut. En effet, du mépris, un bourreau. Je ne pensais pas qu'il y aurait tant de monde en bas. Je dois donner un bon spectacle. Une immense foule, je n'en ai jamais attiré autant. Vivante, grouillante, bruyante. Décors et costumes moyenâgeux. Comme les principes. La plupart des femmes, sous leur couvre-chef à bannière orné du long voile pendant du sommet, marquent leur démission sous la croix et cette bannière, ce comble des formalités, des difficultés, sinon... un échafaud de plus ou de moins... Les autres portent coiffe ou chaperon façonné. Mais elles arborent toutes une houppelande, courte ou longue. Très élégant. Quelques soldats avec cottes de mailles, peu de travailleurs, presque pas de paysans. Une charrette de foin, un vendeur de poisson, deux charrettes à boeufs, un gendarme. Surtout des gens de la ville et beaucoup d'enfants. Ils doivent apprendre tôt la soumission aux lois de l'Ordre et des clubs sociaux. Très peu de figures, surtout des faces. La plupart, cachées derrière des masques. Un clown, quelques jongleurs se déplacent. Jugent de leurs effets. Une jeune fille offre ses charmes. Elle ne voulait parler que de fleurs pendant les cours de morale non de réalité. Maintenant, elle se contente de tiges. Entre deux refus, en profite pour m'insulter. Trois acteurs installent leurs tréteaux: quelle aubaine, une telle foule! Un de mes étudiants me crie:

– Je suis avec toi, Michel!

Il est aussitôt entouré, frappé, chassé par trois fiers à bras. J'en reconnais deux. Les femmes, pour eux, sont des pelottes qu'ils fourrent, violentent, méprisent. Toutes des putains, qu'il disent. Donc, deux vrais hommes! des normaux! Pas des fifis. Le troisième était masqué. Une vraie foire, quoi! A mes pieds, Monsieur le vicaire gesticule quelques simagrées en marmottant des paroles d'exorcismes sans doute. Naturel comme un roi qui mendie, il a réussi à garder son sérieux jusqu'ici. L'ancien maire, je crois, parle encore – il n'a jamais rien fait d'autres – entre ses deux filles de joie, au joyeux décolleté bêtement fourré d'hermine. Le Super Chevalier près de la Super Chevalière, tricorne des grands jours, chape flottante, épée au côté, le tout aux teintes multipliées. Arbres de Noël. Dominent le rouge et le noir, couleurs éminemment révolutionnaires. Je me demande si ne clignottent pas quelques lumières autour de leur tricorne et chape qu'ils agitent gracieusement.

– Regardez-nous. C'est nous. N'est-ce pas que c'est joli?... C'est nous qui vous recevrons au paradis. Aimeriez-vous nous ressembler?... Venez tous les dimanches, à l'église, nous sommes en avant. On est des purs, nous: nous sommes mariés, homme et femme, et avons des enfants. Initiation tous les dimanches, après les Vêpres. Avez-vous des questions?... Nous avons tellement de réponses!...

Leurs couleurs ressortent et font ressortir les Bérêts Brûlés qui récitent... leur chapelet d'injures. Je me suis toujours demandé sur quoi ils peuvent bien mettre leur bérêt... Autour d'eux, des marchands de la place, des commissaires de toutes sortes, des échevins, des donneurs et des receveurs de contrats d'Hôtel de Ville, de Loisirs. La moitié d'entre eux, le sourire horizontal, l'autre moitié, le sourire vertical. Il faut bien qu'ils se reconnaissent. Ils devisent d'encouragements mutuels, de protections essentielles.

– ... et maintenant que nous en avons fini avec le fifi... Alain Toupin attire trop de monde à son clos de bois... Et il ne veut toujours pas se laisser initier... Il fait du tort au marchand de bois Gauthier: il est initié, lui. Si c'était notre «prochain», Toupin?...

Le député distribue moulte fioles aux organisateurs d'élections, aux faiseurs d'opinions, aux éminences grises facilement reconnaissables à leurs grands chapeaux gris, vêtements gris et coeurs gris, ainsi qu'à tous ceux qui donnent et retirent les permis, donnent et retirent les emplois, donnent et retirent les réputations. Les couples responsables des Foyers Très Chrétiens, des Dames de Ste-Marthe sur la Mer Morte, d'autres du Cercle de Récupération de Culs de Cierges Bénits, essaient de se faire remarquer, de souligner leur tout-à-fait-évidente-utilité-dans-la-société-et-dans-l'Eglise. La statue est plus importante que le statut. Certains qui se disaient de grands amis à moi, étalent des traits tirés... au moins à quatre épingles. Leurs affirmations d'amitié sonnent comme le firent jadis certains trente deniers. Qu'ils semblent malheureux de me voir là, après avoir cru eux-mêmes et répété à satiété à tout le monde que je me mettais tout nu en classe, que j'éjaculais pendant les cours, que je disais aux élèves de se masturber entre eux, et des meilleures!... Oui, ils ont charitablement hâte que je tombe dans la trappe pour venir me tirer par les pieds. Ad Majorem Dei Gloriam! les yeux retournés à l'envers. Car leur Dieu voulait maintenant me rencontrer.

– Il faut bien obéir à son Dieu, non? quand il demande de lui envoyer quelqu'un.

Surtout quelqu'un qui n'est pas soumis aux normes.

Le malheureux pécheur!... Nous prierons pour lui.

Tantôt, devant tous, le coeur tout ému, verseront une larme sur le pécheur que je fus. Autour d'un fût!

Plusieurs étudiants assistent à leur première

exécution sociale. Ils ont été avertis de ne pas se mettre les doigts dans le nez et d'être polis avec le grand monde qui sera là. Le grattin!

– Faites-nous pas honte! Si le monde crie, criez. S'il lève le poing, faites-le. S'il crache, crachez. On n'est pas des anormaux, nous autres. On se soumet.

Je vois Nathalie, douze ans, première secondaire, qui passait trois après-midis par semaine, cet automne, dans la cabane près du Camping Bon Air, avec Roger, recherché par la Police pour vol. Elle me crie des injures en échange de la permission de ses parents de continuer à coucher avec son autre ami de dix-huit ans, à la maison toutes les fins de semaines. Gaétan, si beau, si sexé, me ridiculise devant tout le monde pour cacher qu'il est gai et qu'il fait l'amour avec Pierre, le beau culturiste, qui m'a tout raconté il y a longtemps.

Puis, Tatouille, tout le monde l'appelle ainsi. Habillé en fou du roi, tout en vert, recouvert de clochettes pour que sa femme puisse toujours le repérer, se promène d'un groupe à l'autre, organise des huées. Il a marié, non une femme, mais un acte d'accusation, non une femme, mais un garde du corps pour le protéger et le défendre. Le fou du roi Peureux. Trop heureux de se soumettre à la femelle-mère-sadique, lui, le masochiste-impuissant-sans-seins-pour-le-commander. Sa femme est là, se repaît du spectacle qu'elle a l'habitude d'organiser et envoie son mari tintinnabulant dans les coins trop tranquilles. Quand il réussit à soulever des cris de haine contre moi, il se retourne vers son amazone pour sa becquée de gestes approbateurs. Peut-être qu'un jour, il sortira complètement de la matrice. En attendant, il n'est qu'un siège. Sa femme, parfois, ne peut soutenir son petit-bonhomme-vert-à-clochettes, tant occupée qu'elle est à caresser la queue de quelques serpents verts qui s'enroulent à son cou, mêlant leurs anneaux en sifflant. Si quelqu'un se présente à la déesse-mère sans toutes les courbettes, le cérémonial prévu, l'inévitable baise-mains et sans avoir le front plus bas que son vagin, les serpents crachent entre leurs dents empoisonnées le venin reçu de leur mère. Quel spectacle édifiant de moralité, justice, perfection humaine! La dignité de l'homme vue d'en-haut! pendant qu'on se fait lier une corde au cou... parce qu'on est gai. On souhaite que la trappe s'ouvre au plus tôt.

Plusieurs vendeurs offrent, qui des rafraîchissements, qui des médailles, qui des souvenirs comme une petite potence, piles non comprises. Des groupes assis sur l'herbe mangent en s'échangeant des pots de vin. Des rires fusent à l'occasion, d'un groupe ou l'autre.

– S'il est si pur, qu'il ouvre la trappe lui-même!

– Sa maladie, ça s'attrape?...

Des gros rires gras couvrent l'ensemble du spectacle. Plus loin, quelques baladins dans leurs beaux costumes bigarrés, jouent une complainte un peu triste pour l'atmosphère de joie qui règne. La fille esquisse quelques mouvements de danse autour des deux instrumentistes. Je crois qu'elle me regarde. Ils ne peuvent s'approcher, étant des impurs eux aussi: deux hommes et une femme... en plus d'être drôlement habillés!... Personne ne s'occupe d'eux, mais tous profitent de leur musique. En les voyant partir, je crois reconnaître la mélodie: Quand il est mort le poète... tous ses amis

101

pleuraient... on enterra son étoile dans un champ de blé... ses amis pleuraient... y poussera des bleuets... il est mort le poète...

Sans avoir prononcé un seul mot, comme un somnambule, j'ai ouvert moi-même la trappe du bureau du Directeur, suis sorti, me balançant au bout d'une corde, la corde de la honte. Pendu comme une marionnette désarticulée, agitée par les doigts invisibles du destin. Loin derrière moi, j'ai peut-être entendu mon nom... Ai-je toujours un nom? Quel est mon nom, maintenant?... J'entendais des échos, effilochures d'un cri. Est-ce moi qui ai crié?... Ma gorge faisait mal. Nouée.

Rendu chez moi, j'ai refermé la porte sur mes stigmates. Seul. Je veux être SEUL! Que l'univers se le tienne pour dit! J'ai pris un calmant et me suis jeté sur le lit. Je n'arrivais pas à sonder le gouffre dans lequel je descendais. Arriverais-je enfin en bas?... Je me sentais descendre, descendre. Couché sur le dos, les yeux fermés, j'essayais d'identifier des ombres qui passaient: détresse, angoisse,... suicide. Les trop grandes douleurs suscitent des apparitions lancinantes, commandent des fantômes hurlants. François! Une ampoule. Comment rejoindre la corde pour l'allumer?... Il me fallait pleurer, il me fallait un ami: j'ai écouté Beethoven.

Quand les symphonies de Beethoven ne réussissent pas à calmer, le moral est bien bas. Guy!

– Guy, un grand malheur m'est arrivé. J'ai été congédié.

– Hein! Pourquoi?

– Parce que je suis gai. Tout le reste n'est qu'hypocrisie et lâcheté.

– Mes parents et moi, si on peut vous aider, vous pouvez toujours compter sur nous. François est-il au courant?

– Je ne crois pas. S'il téléphone, ne lui dis pas la nouvelle. Dis-lui de venir me voir.

Le lendemain soir, François arrivait à toute vitesse. Affolé.

– Michel, est-ce vrai que tu t'es fait mettre dehors?

– Qui t'a dit ça?

– Est-ce vrai?

– ... C'est vrai.

Angoissé, se devinant coupable:

– Pourquoi?

– J'ai eu des plaintes de la part d'élèves et de parents.

– Quelles sortes de plaintes?

– Que j'étais trop sévère, pas assez sévère, etc. Des enfantillages.

– Il y a sûrement autre chose.

– Aussi, parce que je suis gai.

– Est-ce que j'ai affaire là-dedans?

– Toi, rien du tout. Qui t'a parlé de ça?

– Tout le monde en parle au village. Á Granby, presque tout le monde le sait déjà. C'est de ma faute aussi parce que j'ai vécu avec toi, on était toujours ensemble, on allait à l'église ensemble.

Et presque honteux:

... On était heureux ensemble...

– Même si tu n'avais jamais vécu ici, ça serait arrivé quand même. Que je te connaisse ou pas, je suis gai. Point. Il n'y a que ça qui les intéresse. Il n'y a pas de François, Guy, Patrick ou autre. Un professeur gai, ça ne se peut pas. Puis, je ne m'en suis jamais caché et je ne m'en cacherai jamais.

– Si je n'avais pas vécu ici, si je n'étais pas recherché par la police, si...: C'EST DE MA FAUTE!

– NON! J'ai assez de problèmes comme ça sans que tu viennes m'empoisonner avec ta culpabilité. Je t'ai dit que ce n'est pas ça! Je prends la responsabilité de mes actes. Que je t'aie connu ou pas, j'étais gai, je le suis et je le resterai. On naît gai et ça ne se change pas. Tout le reste est hypocrisie sociale.

Buté, d'un ton sec:

– C'est de ma faute!

Son jugement était rendu: il était coupable. Sans appel. Il avait détruit ma vie, causé tous mes malheurs. Il ne comprenait pas que la méchanceté humaine n'avait pas besoin de lui pour se manifester, frapper, détruire. Que savait-il de l'homme?... Son père le battait: il se sentait coupable. Sa mère le ridiculisait: il le méritait. Je ne l'engueulais pas: il m'a demandé pourquoi. Il amenait le malheur avec lui. Il causait le malheur comme d'autres, le bonheur. Il se sentait encore coupable. Toujours coupable... Mon ami que j'aimais tant était encore malheureux. Ah! mon François qui n'avait «de la vie que ce qu'il en faut pour souffrir» (Malraux, *La Condition Humaine*).

7

CONGÉDIÉ PAR FRANÇOIS

Ce matin-là, c'est Guy, le fils du voisin qui a aperçu l'auto. Il s'est approché, vu l'insolite. L'auto était vide. A regardé tout autour. Restaient de vagues traces de pas plus loin, vers le rocher. A suivi. Un frisson. A essayé de concentrer son attention sur les traces pour ne pas paniquer. A l'occasion, il risquait un regard furtif au bout de leur direction. Saisi par le mystère, il s'est arrêté quelques fois, hésitant. ...Et les traces contournant le rocher... il a vu l'horreur. Dans une très faible neige qui tombait, un homme pendait à la branche d'une épinette. Complètement raidi, il balançait doucement, soupoudré de neige fine. Figé. C'était François!... Le tonnerre tombant dans son coeur n'aurait pas fait plus de dégâts. Il s'est approché encore un peu pour bien s'en assurer, constater la fin, mais pas trop pour ne pas trop se déchirer le coeur. Puis, il est resté figé lui aussi. Paralysé, hypnotisé par l'abîme de ce trop grand mystère.

Non! Pourquoi?... Qu'est-ce que...? Les questions tombaient dru dans son coeur comme les flocons de neige qui augmentaient. Le glaçaient. Guy frissonnait de tous ses membres. Son coeur devenu fou voulait sauter de la cage qui l'étouffait, un voile obscurcissait déjà son visage. L'atmosphère se coagulait.

Il est aussitôt revenu, regardant souvent en arrière comme si quelqu'un le poursuivait. Il avait si froid dans le dos. Il y avait tant de sentiments, de questions qui se bousculaient! Presqu'à la course tout le long, il est revenu avertir son père.

– Papa, ...François est pendu à la grosse épinette derrière le rocher.

Le fils, tout surpris du ton calme utilisé tant ému qu'il était, a respecté le silence qui venait de s'établir entre les deux hommes. Silence soutenu par une grande émotion. Le père n'arrivait pas à prononcer un mot.

Papa, si tu veux, je peux aller avertir Monsieur Nolin. Toi, tu pourrais peut-être aller au village pour M. le Curé, la Police...

Toujours le silence. Intense. Ému. Le père, la gorge serrée, bien sûr à cause du suicide d'un voisin qu'il respectait, mais aussi devant le spectacle de son fils qu'il savait bouleversé et qui semblait pourtant si maître de lui. Venait-il de basculer dans le monde adulte?...

– Penses-tu pouvoir lui annoncer ça comme il faut?

Le fils a hésité à répondre puis, tout d'une traite:

– Je les aime beaucoup tous les deux... et François était mon ami.

Première déclaration, premier indice, le

tragique aidant. Il venait de basculer dans le monde adulte.

– Bon, bien d'accord.

Le père est parti en auto vers le village en pensant: mon enfant est devenu un homme, ...peut-être en les aimant beaucoup. Il est mûr pour la souffrance. Et le nouvel homme, dans l'air glacial du matin, se dirigeait lentement vers la maison d'un voisin qu'il sentait plus qu'un voisin. Le nouvel homme portait dans son coeur un poids très lourd, le tournant et retournant, ne sachant comment le partager. Il sentait que c'était lui qui devait venir me voir et que c'était lui que j'aurais souhaité. En entrant dans la cour, pour la première fois, le chien m'a averti de sa présence. Guy savait que j'étais toujours heureux de le voir. Mais son air sombre, l'émotion qu'il trahissait et ses nombreuses hésitations quand il a enfin commencé à parler m'ont fait deviner la gravité de sa démarche.

– Monsieur Nolin, vous savez que je vous aime bien, ainsi que François. C'est pourquoi, j'ai pensé que c'était à moi de venir vous voir ce matin. ...J'ai beaucoup de peine, vous savez... et je sais que vous en aurez encore plus que moi.

Sa voix tremblait.

– Guy, tu me fais peur. Qu'est-ce qui est arrivé?

Un cri: François! Il s'est répercuté jusqu'au fond de mon âme. Son écho me déchirait les entrailles; les artères brisées, le sang giclait. Guy, la gorge serrée, la voix étouffée:

– Monsieur Nolin, mon père et moi on vous assure de toute notre aide et notre sympathie ...dans le grand malheur qui vous frappe.

Déjà sûr, sachant la réponse, j'ai risqué:

– C'est bien François?...

– ...

La maison venait de me tomber sur la tête, ma vie de s'écrouler. J'essayais de reprendre mon souffle, Guy, ses larmes. Sans trop savoir pourquoi, je me suis levé et j'ai été voir dans la porte de la salle à manger: bien sûr que je ne l'ai pas vu, mais j'aurais juré qu'il y était. Mon attention n'était pas à ces ...sensations.

– Mais quoi? Comment? ...Dis-moi quelque chose!

– On pense qu'il s'est suicidé. Pendu à la grosse épinette, derrière le rocher.

Non! Non! que je me disais. Écroulé. Trop tard. Tout est fini. Je revivais les événements des derniers temps. Sa culpabilité. Ce qu'il m'avait demandé, hier soir, son appel comme un S.O.S.... J'étais assis à la table, la tête sur les bras repliés. Non! Non! Indifférent au gouffre dans lequel je dégringolais, ...l'épouvantable solitude... Ses souffrances à lui, son épouvantable solitude, son gouffre... Celui qui s'en va dans la mort est-il encore plus seul que son ami qui reste seul le long d'une route qu'il ne reconnaît plus? Dans un paysage indifférent, peuplé d'être vides?...

Guy s'était assis près de moi. En silence. Les mains étendues sur la table, prêtes à prendre les miennes à la moindre invitation.

– François! François!

J'ai appelé du fond de mon abîme affectif, social, moral, ne reconnaissant plus ma voix. Ne voulant plus rien reconnaître d'ailleurs de cette vie injuste, ingrate... Guy, sans le savoir, à la place de François, a mis affectueusement sa main droite sur ma main gauche laissée là comme ne faisant plus partie de moi. C'était le geste de François. Sans le savoir, il a posé le même geste. J'ai senti sa sincérité, son affection, sa compassion. Il venait de me faire chavirer. J'ai fondu en larmes. Après un long moment, Guy a essayé de me ramasser. Affectueusement,

– Monsieur Nolin... Monsieur Nolin...

Je me suis levé, me suis approché de lui. Il s'est levé et nous sommes tombés dans les bras l'un de l'autre. Je l'ai serré si fort que c'était sûrement mon coeur qui le serrait.

Que c'est précieux un homme de coeur qui offre son épaule pour recueillir nos larmes! Sans rien demander. Guy était de cette espèce généreuse.

Ce 24 décembre fut un jour de spectre d'homme et d'univers. L'eau n'était pas séparée de la terre, la lumière des ténèbres, les animaux s'entredévoraient parce qu'ils n'avaient pas encore de nom: le déluge se préparait. L'amour n'était pas encore descendu du ciel. ...Et les amants se suicidaient.. «Je dois maintenant à la fois être et ne pas être» (Kierkegaard).

Je n'ai pas averti les parents. Je n'avais rien à leur dire et je n'aurai jamais rien à leur dire. J'ai confirmé aux policiers leur thèse du suicide. J'ai ajouté:

– Avec responsabilité criminelle.

Ils n'ont pas relevé mon opinion. J'ai laissé tomber. Comme François. Pour moi, le monde s'était écroulé et je ne m'y voyais déjà plus. J'ai encore fait le tour de la maison, lentement, visitant tous les recoins, revivant les moments passés avec François. Comme lui, lors de son rappel après ses onze jours. Pour moi aussi, le rappel venait d'être sonné.

– C'est mon père, c'est mon père. Il veut que
je retourne à la maison!

Oui, il y était retourné à la maison du père!...

– C'est François, c'est François. Il veut que
j'aille le rejoindre! Oui, François, attends-moi.

Je le cherchais, je me cherchais. J'ai grignoté
de temps en temps, pris du café que je laissais re-
froidir. A quoi bon, il n'y a plus d'avenir. Je
marchais, cherchant une issue.

Dire que ce matin, quand je me suis réveillé
vers 8 heures, je faisais le plus beau rêve!... Seul.
Toi, tu venais de mourir. ... Mais c'était toi,
François! TON RÊVE!!! Ta première nuit de
liberté..., et tu m'as visité. Comme un ange qui
passe, un souffle qui soulève, tu m'as fait l'amour.
Je ne me souviens pas d'avoir été si bien avec un si
bel homme, musclé, offert, généreux de tous ses
dons. Nous avons fait l'amour et j'ai joui comme
ça ne m'arrive pas en rêve. Réveillé, ému, ne
comprenant pas cette révélation, je me suis dit
qu'un grand bonheur m'arriverait pendant la
journée. ... Mais peu après, Guy arrivait... C'était toi,
François, dans mon rêve! Ah! merci! Ainsi, tu es
toujours avec moi! Ah! quelle tendresse! Dès ta
libération, tu es venu m'offrir ce que tu savais mon
plus grand désir: l'amour avec toi. Peut-être aussi le
tien.

Et il est venu, Emmanuel, partager ma couche, la couche de mon coeur. Il était beau, il était
bon. C'était mon ami. Il est encore plus beau, il est
encore meilleur. Il est encore plus mon ami.

Et j'ai commencé à écrire pour me retrouver,
nous retrouver.

J'ai honte de ma nudité, je m'habille de mots.

Les mots sont refuge, exutoire, rempart. Ils disent: je suis là, caché derrière. Je m'habille de mots. Souvent mots qui trompent, mots qui blessent, mots qui tranchent. Mais ceux-ci se veulent mots qui rappellent, mots qui pansent, mots qui aiment. Ils se veulent poser sur des lèvres, les lèvres d'une plaie qui ne veut plus guérir, de ma plaie, la plaie de tout mon corps qui n'en finit plus de pourrir. Mots – points de suture – jaillis de mon âme, baiser douloureux. Mots baignés de sang parce qu'il n'est plus là, mouillés de pleurs parce qu'il a souffert. Mots-relais, mots-messages, mots-témoins, jaillis du fond du temps pour rejoindre l'éternité de son éternité. Mots-remèdes comme un regard sur une solitude, une caresse sur une tristesse, un baiser sur une souffrance. Mots contre maux.

Me guérirez-vous?... Longs sanglots de décembre, insupportable froid de l'hiver... Il n'a pas su résister: il était si faible, il était si vidé de lui-même, si démuni devant le mépris, si révolté devant l'injustice. On l'avait voulu chose, il s'acharnait à être personne. Il a refusé de vivre comme une proie et s'est retiré, aspiré par le haut, au-delà de lui-même, d'où il guide ceux qui l'ont aimé.

Son cri déchira le silence. Leur silence étouffa son cri. Un peu de terre remuée et la bonne conscience égalisée reprendra tous ses droits. Il fut bon, il fut jeune; il souffrait, il fuyait. Il fut accueilli à lumière ouverte. Il restera jeune. Il sera aimé, il sera pour l'éternité, mon Ami!

Il était toujours au front, au front du quotidien. Il est mort au champ d'honneur, pour moi. Il sera enterré au chant du déshonneur, pour eux. Banni par sa famille. Relégué aux oubliettes. Acculé à la fugue pour refus de lui-même. Repoussé dans l'anonymat, l'exil. Il s'est débattu comme il a pu. A souvent tenté de s'accrocher, s'est échappé. Il m'est revenu, on l'a encore chassé. Maintenant, il s'est enfui, suivant de loin les grandes migrations. Le temps s'est déchiré et par l'échancrure, il s'est envolé. L'appel fut plus fort. Les racines d'en-haut plus fortes que celles d'en-bas. Les grandes migrations l'emportent sur la domestication, la liberté sur l'esclavage. Il a laissé une tombe ouverte: une absence. Elle creuse son tunnel dans mon coeur, un tunnel dangereux. L'inévitable?...

Il y a exactement une journée, en ce moment, à 20 heures, François m'arrivait. Ça fait exactement vingt-quatre heures qu'il s'est condamné.

François s'était buté. Bien malheureux. Il restait là sans rien dire, le regard perdu. Tout à coup, a claqué comme un coup de feu inattendu:

– Me prêterais-tu ton révolver?

– JAMAIS!

La réponse jaillit bêtement comme la question. Mon coeur, ma respiration, tout s'était accéléré. Un vertige. Paniqué,

– As-tu encore ces idées folles dans la tête?

– Michel, as-tu peur de mourir?

Un grand frisson me parcourut tout le corps. Tout était clair maintenant. Irréversible comme la mort. Et si triste aussi! Incapable de répondre, suis allé dans ma chambre. M'a suivi.

Michel, as-tu peur de mourir?

Sa question était froide, objective, exigeait une réponse. Me suis assis sur le bord du lit. Il s'est planté debout en face de moi. Le coeur étouffé dans une peau de chagrin mouillée de larmes:

– Pourquoi me demandes-tu ça?

– Parce que...

Il était toujours planté devant moi, il exigeait comme il n'avait jamais exigé de moi. Il fallait m'exécuter. L'exécuter.

– Je n'ai pas peur de mourir. C'est de la souffrance qui précède que j'ai peur.

– Si tu étais bien mal pris, te suiciderais-tu?

– J'y ai souvent réfléchi dans le passé, mais je crois que je ne le ferai jamais. Pourquoi me demandes-tu ça?

– J'ai essayé de me suicider trois, quatre fois quand j'étais chez mes parents. Ça n'a rien donné. Ce qu'ils m'offrent, je ne le veux pas: courailler, me soûler, baver tout le monde, péter de la broue, ou faire comme le monde de leur âge, ça ne m'intéresse pas. Je suis jeune, gai, je veux vivre tranquille ma vie. Pas la leur. Je ne m'entendrai jamais avec eux autres. Ils sont bornés. Puis avec toi: on a été heureux, mais je t'ai apporté tous les malheurs. Ton congédiement, la perte de ta réputation, rien ne peut être pire que ça.

François parlait lentement, posément, avec de longues pauses. Les dents serrées, le coeur sec.

Regarde ce qu'ils nous font à nous deux... J'étais bien ici, on ne faisait rien de mal. Mon avenir était assuré. J'étais sûr que tu m'aurais laissé partir n'importe quand... même pour me marier avec une femme, si j'avais voulu, que tu m'aurais toujours bien payé, aidé. Mais non. Il faudrait que je fasse comme eux-autres, ou pire, comme les Labrecque. Il se soûle, écoeure le monde, couche avec n'importe quelle femme, ça c'est un homme! Un modèle! Sa femme ne pense qu'à fourrer, fait du chantage, ça c'est correct! Parce qu'ils sont un homme et une femme. Tout est parfait. Nous, ce qu'on faisait, c'était criminel. Être heureux, nous, pas question! Nous, on est deux hommes. ...Parce que nous sommes des hommes, avons-nous un coeur au-dessus de nos moyens?...

Je suffoquais. Impuissant, muet. François était blême de rage. Aucune larme. Ses paroles sortaient comme un jugement sans appel. Son jugement. Le jugement de la vie, sur SA vie. Quelqu'un devait payer. Il tranchait dans la réalité la plus sensible avec une lame sure, un scalpel d'expert.

Ils m'ont traité de tous les noms, ridiculisé le plus qu'ils ont pu. J'ai été obligé de me renier ...et de te renier. C'en est trop. Maintenant, le coq va chanter. Ils n'aimeront pas son cri. Ils l'auront mérité.

– Tu n'es tout de même pas décidé à te suicider?...

– Il n'y a rien qui marche. Je rate tout ce que j'essaie. J'apporte seulement des malheurs. Je suis un malheur!

– Ici, tu n'as rien raté. On était heureux. Pourquoi ne reviens-tu pas?

– Je ne peux pas. Après ce qui vient de t'arriver... je ne peux pas supporter ça. Je t'ai apporté tellement de problèmes depuis que je te connais!

– Des problèmes?... On a été tellement

heureux!... C'est ta présence qu'il me faut maintenant pour m'aider à passer au travers. J'ai besoin
de toi!

– Je t'ai fait tellement mal!... Guy m'a conté
qu'il t'a ramassé à la petite cuiller quand je suis
parti. Et ça va continuer.

– C'est parce que je t'aime. Je veux t'aimer
encore. Pourquoi veux-tu partir? J'ai besoin de toi!

Encore les yeux pleins d'eau, la voix tremblante, le coeur si gros:

Viens t'asseoir près de moi.

Je pensais: en effet, aimer est bien douloureux.

– Michel, je suis fatigué de me sauver, me
cacher, fuir. Un bois d'épave. Je veux vivre ma vie
et je suis traqué comme un animal sauvage.
Maintenant, c'est à ton tour: tu viens d'être
congédié, tu te promènes armé, tu ne sais jamais
quand ta maison sera brûlée...

Il suffoquait, lui aussi. Cherchait de l'air.
Déjà. On s'est laissé tomber sur le lit. On se tenait si
fort ensemble: peur de tomber, peur de se noyer
ensemble. On sait que parfois même le sauveteur
est emporté. Joue contre joue. Quelques larmes
silencieuses se sont mêlées. En le serrant encore
plus fort:

– Je te l'ai dit assez souvent: pour moi, tout
ce qui compte, c'est que tu sois heureux. Il n'y a rien
qui passe avant ton bonheur. Vas-tu finir par le
comprendre?!

– Je ne pourrai jamais comprendre: ...je n'ai
jamais été heureux.

Il venait de m'assommer. Je n'avais plus
d'argument. C'était le vide intellectuel, le gouffre

sans fond. Et lui qui voulait s'y jeter! Comment l'en éloigner?...

- Ah! que tu me rends malheureux, parfois!

–Tu vois bien qu'à toi aussi je fais de la peine.

– Ah!...

Découragé, désarmé, il ne me restait plus qu'à pleurer. Que dire, que faire?... Celui qui veut se suicider, il a tous les arguments. Celui qui veut vivre aussi. Le suicidaire, de l'autre côté de l'instinct de conservation, passé la ligne de la raison. Le champ y est libre... mais en pente. Les perspectives faussées. Il faut l'attacher, mais avec quels liens? Comment?... Où finit sa liberté?...

Pourrais-tu me faire confiance un peu? Tu crois en moi? Si je te le dis!... Je ne t'ai pas assez prouvé que je t'aimais?... Je perdrais ma terre pour toi. Je donnerais ma vie pour toi. Il n'y a que ton bonheur qui compte. Je ne veux vivre qu'avec toi.

- Tu as déjà perdu ton emploi, ta réputation. Tu ne trouves pas que c'est assez?...

- Mais ce n'est rien, comparé à te perdre, ...une personne, ...un ami! Je ne veux rien savoir d'autre que toi!

Il garda le silence. Ou plutôt, c'est le silence qui me garda. Si j'avais connu sa pensée en ce moment, jamais je ne l'aurais laissé partir. Je crois que le drame était déjà joué. Il entrait au Jardin des Oliviers. Semblant vouloir partir:

- Je crois en toi, Michel. Je t'aime beaucoup, moi aussi. Je pense te l'avoir assez prouvé. Je vais penser à tout ce que tu m'as dit. Je te remercie de tout coeur pour tout ce que tu as fait pour moi. Jamais, je ne l'oublierai. Là, je dois ramener l'auto à mon copain. Demain soir, je viens réveillonner avec toi ...et coucher, si tu veux.

J'ai hésité. Je l'ai cru, mais je le serrais toujours très fort dans mes bras. Étrange sensation. De sécheresse. Détresse. Comme dans la jungle quand un silence total s'établit: le drame se prépare. Comme devant le moniteur cardiaque quand la ligne étale s'étire, plate, finale... Cette sorte de silence qui épaissit le mystère.

On s'est embrassés et on a fini par faire l'amour. Mais qu'il semblait donc absent! Mécanique. C'était comme une obligation. Par exemple, quand je me suis extasié comme d'habitude devant sa belle musculature, ses biceps pleins comme son coeur, ses pectoraux généreux, son immense dos sans défense, il n'a pas manifesté sa joie simple et si agréable, la satisfaction habituelle. J'avais bien d'autres raisons pour expliquer cela. A part la vraie: François n'avait plus le goût de lui-même, il s'était déjà déserté. Il n'en avait plus que mépris, indifférence. Seul comptait le magicien qui l'attirait au dehors de lui-même au bout d'un fil à retordre.

En sortant de la maison, il est allé dans mon hangar. Ensuite, il s'est arrêté chez le voisin, saluer Guy. ...Tiens, mais pourquoi revient-il ici? que je me suis demandé.

– Michel, j'ai pris quelque chose dans le hangar tout à l'heure.

Interloqué, j'ai essayé de comprendre: d'habitude, il prenait sans demander, comme convenu.

– Tu as bien fait; tout ce qui est à moi est à toi. Tout ce que tu voudras.

Il a hésité..., m'a regardé ne sachant que dire à son tour. Il me fixait d'un regard que je n'oublierai jamais. Je ne l'ai pas compris sur le coup, seulement aujourd'hui.   Il me fixait avec l'intensité du regard du comdamné, du comdamné à un seul espoir. Il quêtait une place à l'hôtellerie de mon coeur et mon coeur était plein de petites préoccupations mesquines. Distrait. Il voulait que je dise ou fasse quelque chose, mais je ne savais pas quoi. Je ne comprenais pas. Pourtant, de sa figure, la détresse coulait par torrents. Il cherchait un lit pour la recueillir, la contrôler. Un rivage. Je suis resté inaccessible: je ne comprenais pas. Ses yeux suppliaient une réponse. Criaient des SOS. C'était un dernier appel: il coulait. François cherchait une bouée. Moi, j'étais sourd, muet, aveugle. Helen Keller. Distrait. Mon calmant peut-être?... Ou l'épuisement dû au combat que je venais de mener avec lui?... Ou l'instinct de conservation: je sentais que j'aurais coulé avec lui, tout allait si mal dans ma vie?... Justifications?... Je me suis réfugié dans mes petites préoccupations: finir de laver la vaisselle, passer la balayeuse, mon plan pour le réveillon: il a dit qu'il serait là, donc, il ne se suiciderait pas...

Ah! que je regrette donc cette inconscience aujourd'hui!... Est-il possible d'être aussi imperméable, aussi sec, quand une seule goutte de tendresse aurait pu sauver du désespoir!... Est-il possible d'être si peu attentif aux autres?... Quels sont ces fantômes qui nous entourent?... Nous passons à travers eux, ils passent à travers nous, sans nous en rendre compte. Ils nous parlent et on ne les entend pas, ils nous touchent et on ne les sent pas. Sommes-nous seulement ces statues de bois ou d'airain dont parle le psaume? Ne sommes-nous donc que des idoles, ...des idoles de nous-mêmes?...

Je me suis approché et l'ai serré dans mes bras. Il est resté figé.

N'oublie pas notre réveillon, demain soir.

Nous étions tous les deux à la dérive dans deux mondes différents, a-temporels, hermétiques. Moi, j'en étais au réveillon, lui, à la dernière cène. Tellement déçu, presqu'en colère, il m'a dit un sec:

– Bonsoir.

Il est parti. Ce furent ses dernières paroles. J'aurais dû comprendre: Père, pourquoi m'as-tu abandonné?...

– N'oublie pas pour demain!... que j'ai seulement trouvé à répondre.

Je crois qu'il était déjà loin. Et moi qui ne comprenais toujours pas... J'étais bien embarrassé par son attitude. Pour moi, il a dû se dire: je retourne le voir et je lui dis que j'ai pris quelque chose. S'il ne dit rien..., je saute. Pour lui, je l'avais laissé tomber. Si j'avais demandé: qu'est-ce que tu as pris? Pourquoi?... Il m'aurait peut-être répondu. Si je m'étais intéressé à lui, je l'aurais peut-être sauvé ...pour quelque temps au moins. Ou recherchait-il ma défection pour justifier sa décision d'ailleurs déjà prise?Pour un geste aussi fatal, il ne faut plus aucun espoir et moi, j'en demeurais un dernier. Il lui fallait le liquider. Il m'avait enfermé dans ce détail et je n'ai pas su en sortir. Il s'est laissé tomber. J'ai été le dernier coup porté. Brutus à César. Moi aussi, je suis coupable.

Pourquoi n'ai-je pas compris?... Si j'avais jasé encore une heure avec lui... Il est allé mourir à un jet de pierre de chez moi. Et je n'ai pu veiller une heure avec lui. Il était passé le gros rocher qui nous impressionnait par son ombre sinistre, nos soirs de promenade. Plus loin, c'était le bouquet de sapins qui semblait toujours habité par des esprits maléfiques, chez le troisième voisin. On en parlait souvent ensemble: c'était presque toujours à cette hauteur qu'on décidait de revenir, lors de nos marches vespérales. Il avait laissé l'auto de son ami sur le bord du chemin. A pied, il s'était rendu au lieu dit, rendez-vous. Avec une vieille épinette isolée, isolée comme le fut toute sa vie. Les branches du bas étaient mortes et presque toutes brisées à quelques pouces du tronc. A l'image de ceux et celles qu'il avait rencontrés?...Elles lui ont servi d'escalier vers la première grosse branche saine, sûre.

Moi aussi, je suis coupable. J'ai pris un cognac. On se sent toujours coupable quand un proche, un ami, encore plus, son amant se suicide. Je ne fus que vieille branche sur laquelle il prit son appui pour monter vers la mort. Me rappelant son regard de détresse vissé sur moi, son désespoir quand il a compris que je l'abandonnais, j'entendais: *Je t'écrase de mon pied en passant, toi qui m'as rejeté du revers de la main, toi qui n'as pas su me relever. Tu pleureras toutes les larmes de ton corps, tu sècheras vivant. Tu m'as tué!*

Le pire, c'est que lui seul savait le mal que cela me ferait. Moi, je ne saurai jamais le dire et personne, le deviner. «Aimer, c'est dire à quelqu'un: toi, tu ne mourras pas» (Gabriel Marcel). Et moi qui l'aimais, je l'ai moi-même tué!... Je voyais son doigt accusateur, son visage défiguré par la peine horrible que je lui faisais.

Il s'était tué surtout parce qu'il avait causé mon congédiement, mais aussi parce que je n'arrivais pas à déjouer le mystère du «quelque chose» pris dans le hangar. Il voulait que je le sauve, il me le disait par quelques points de suspension. Et je n'arrivais pas à décoder le message, englué que j'étais dans mes petits malheurs de rien du tout comparés à son grand malheur. Et moi, au lieu de dénouer l'impasse, j'ai noué la corde de son désespoir. La corde?... La corde! Le «quelque chose» pris dans le hangar, c'était la corde! Il s'est pendu avec MA corde. Je lui ai fourni le prétexte et le moyen. Je l'ai tué! Il est mort pour moi et je l'ai aidé... Mon ami, mon amour, maintenant ne vit plus... François, mon Amour... victime d'une société injuste, victime de moi aussi! Mon François, que sommes-nous venus faire en ce monde hermétique?... Peux-tu me le dire, maintenant que tu sais tout?...

Le cou, les yeux, le coeur me brûlaient. Je brûlais. Je suis un assassin d'amant. J'ai tué François!... Il ne faut pas que je pense trop... Il ne faut pas... Un autre cognac. Jamais, je ne me suis si peu retenu de pleurer. François! François! Je te demande pardon! François... J'ai crié son nom à tous les échos de l'univers. J'ai pleuré toutes les larmes de mon corps. J'ai souffert tous les châtiments de l'enfer. François, je ne peux pas vivre sans toi!...

Ne restait plus sur la mer qu'une épave ballotée par la vie. J'étais à la fois épave et naufragé. J'étais si près du gouffre que j'en avais le vertige.

Encore quelques larmes furtives. Epuisement total par la lutte. L'arbre qui plongeait ses racines dans les recoins de mon coeur, arraché, la blessure s'était remplie de sang. J'assistais, regardais de loin ce paysage de catastrophe. Il ne restait plus rien de vivant, comme après un cataclysme. Vidé, dénudé, fini comme après un feu de fôrêt, comme un immense désert de terre rouge écrasé par une atmosphère brûlante, comme après le passage d'un raz de marée, un Hiroshima, dévasté. Et le cratère de mon coeur, rempli de boue et de sang.

Je voulais me coucher à bonne heure, vu mon épuisement. Je n'ai pu y arriver avant minuit. Mauvaise digestion, seul, séparé, écartelé. Je me suis endormi, mais pas pour longtemps. Je ne pouvais absolument pas accepter. Je refusais de tout mon être. Congédié par des Commissaires étroits, soit. Congédié par François, jamais! Je ne parvenais toujours pas à accepter.

Au milieu du rang St-Charles, je vivais à l'intérieur d'une plaie. Je sentais un espace de terre autour de moi et une seule ouverture: vers le haut. Le ciel. Très éclairé. Très bleu. Quelques nuages blancs. La douceur de la lumière appelait à respirer ...plus haut. Il me semblait que c'était la seule issue. Je me laissais imprégner par cette lumière, la laissais siphonner ma pesenteur. On verra bien. ... Ou on verra mal. Un autre cognac.

*   *   *

De l'autre bout de l'univers, je rêvais à une main, je désirais une main, je sentais une main qui me serrait doucement l'épaule. Je savourais sa chaleur, présence de main comme caresse de regard. Peu à peu, je me suis rapproché pour lui tenir compagnie. C'était le cordon ombilical de mon âme, le petit détail qui me sauvait. Comme on s'attache aux petits détails: une flamme dans un foyer, une caresse à un tout petit chien, une feuille qui tombe, une chaleur, largeur de main sur son épaule, quand dans son coeur c'est l'automne...et qu'on ne passera pas l'hiver!

Dans ma tête, il faisait mal, mais dans sa main, il faisait chaud. L'automne fut long, mais l'hiver sera court. Qu'aurais-je à faire de toute cette saison? C'est trop froid pour une âme frileuse, c'est trop seul pour un coeur déja seul. Je recherchais un détail, un respirateur, une bouée – une largeur de main – baume sur une épaule blessée. Je me sentais revenir tranquillement à travers nuages et brumes, je me retrouvais engoncé dans un lit comme une tombe, seule chaleur sous mon corps, quelques centimètres carrés de l'univers froid, fantômatique, chimérique. Puis une petite présence à mon épaule, petit oiseau perché chantant à mon oreille, seul contact, dernier espoir. Mes yeux ouverts ne voyaient pas, mes oreilles entendaient à peine:

– Monsieur. Monsieur.

Qu'est-ce qu'il veut au Monsieur?

Monsieur. Monsieur.

Insistance d'enfant. Désir de bouger pour que sa présence devienne caresse. Désir de caresse pour que sa présence s'étende. Désir de vie: lui!

Monsieur...

– Oui...

Un mouvement de la tête, une douleur vertigineuse et j'étais reparti à vitesse instinctive à l'autre bout de l'univers.

Il a passé sa main sur mon front moite. Un frisson, il m'a réchauffé: une grande couverture chaude, son amitié.

–Je vous ai préparé quelque chose.

Quelqu'un peut-il me préparer quelque chose quand dans ma vie, il fait si froid, il fait si mal, quand dans ma vie, il fait si seul! Sa main n'était plus là et je sentais encore sa chaleur. Son corps était parti et j'entendais battre encore son coeur. Les sons m'en sont témoins. De la cuisine, une lumière douce, quelques bruits amis. Près de mes lèvres une odeur, bon bouillon tiède. Sa présence, quelle chaleur! A mes yeux une douce brûlure, sur mes joues des larmes, de sa main une caresse, sur mes lèvres une saveur. Mais dans l'univers, il faisait toujours si froid, il faisait toujours si mal! Maintenant appuyé sur la tête du lit, lui près de moi assis, ma tête sur son épaule penchée, de son bras la soulevait doucement, l'approchait d'un bon goût, le bouillon de sa tendresse. De ses doigts rugueux, il écartait les larmes délicatement comme un homme très fort caresse un tout petit enfant. J'ai bu. Pour lui. Pour qu'il reste près de moi.

Vous irez beaucoup mieux.

Il a collé sa tempe sur ma tempe, je crois avoir entendu quelque chose. Délicatement s'est retiré comme un silence. Je crois l'avoir aimé. Mon coeur fondait, s'écoulait. J'étais mou comme l'oreiller dans mon dos. Ma tête éclatait, il est revenu.

Vous voulez manger?... Un café?... Tout est prêt. Quand vous voudrez.

Comme une caresse s'est rapproché, s'est assis, a pris ma main. J'ai pleuré. M'a pris par le cou et collé sa tête à ma douleur. Il a assisté à tous ces déracinements qui laissaient de grands trous remplis de sang, à tous ces déchirements qui laissaient ma terre épuisée. Je l'ai aimé.

Comment un enfant de vingt ans peut-il connaître tant d'humanité, être habité de tant de tendresse! La nature de l'homme a parfois de ces richesses!... François était mon ami et il n'a pas choisi la vie.

Hier soir, mon père m'a demandé de venir coucher ici.

– ...

– Vous avez été très malheureux cette nuit. Ce matin, j'ai fait le train. J'aimerais rester avec vous aujourd'hui.

J'entendais comme une mélodie, un oiseau qui chantait très doux, très doux. Une musique à mes oreilles, à mes yeux un nuage, à mon coeur une chaleur. La chaleur du sang qui s'écoule d'une plaie. François ma plaie. François mon sang. François ma vie. Et tu n'as pas choisi la vie...

– Cet après-midi, on travaillera tôt puis on ira souper chez nous. Toute la famille vous invite.

– François...

Seul un souffle pour porter ton nom. François, je voudrais mourir.

– Bouger, bien lentement, Monsieur, vous ferait du bien. Appuyez-vous sur moi. On irait à la cuisine prendre un café.

– Ah! ma tête. François. François mon coeur! Ah! ma tête... Je suis un grand enfant... Mais si malheureux!

– Je vous comprends bien, Monsieur. François était aussi mon ami.

– ... Et il n'a pas choisi la vie.

– ... Buvez encore un peu, Monsieur.

8

L'ADIEU

François est mort. Depuis deux jours. Avait-il le choix?... Il a pleuré, il a souffert. Il fut si mal aimé. Ils auront beau dire qu'il n'y a pas «de coupables. Il n'y a que l'amour mal exprimé». Moi, je dis qu'il y a des injustices que tous les sanglots du monde ne pourront laver. Sa vie fut une injustice. Sa mort, un retour à l'équilibre. Enterrer ses erreurs voire, les pleurer n'est pas les payer. Six pieds de terre n'étoufferont pas le cri de sa révolte, ni le mien. Devrais-je manger toute cette terre, je descendrai jusqu'à lui et j'exhiberai son cadavre à la face de ses bourreux. Je crierai au monde entier l'injustice qui fut sienne et l'amour qui fut nôtre. Un peu de terre égalisée, un dossier classé peut satisfaire la légalité, mais pas la justice. La légalité n'épuise pas toute la réalité. François, je crierai vengeance jusqu'au ciel! François, je garderai ton cadavre vivant!

Le ciel s'est déchiré, la lumière a jailli: une étoile est née. SEUL, dans la forêt, isolé comme le fut toute sa vie, il a soufflé sa bougie. Il s'endormit à la noirceur, la lumière toujours éteinte, tâtonnant encore et toujours dans les ténèbres de la nuit... Mais dans le secret de mon coeur, j'ai rallumé son feu. Sa lumière a jailli dans ma nuit, sa chaleur sur ma tristesse. Il brûle mon oxygène, mais il revit en me consumant. Je questionne sans réponse, je caresse sans corps, j'aime sans présence, ...et je pleure de vraies larmes. Reste près de moi. Mon coeur te tend la main, ma main te tend mon coeur. C'est la coupe de mon sang. Quand tu voudras, tu peux la renverser: je te reverrai.

Je suis parti à vau-l'eau, ai traversé mers et contrées, cherchant sur ton passage un souvenir, une effluve. La mer s'est refermée, le pays m'a rejeté. J'ai soif de toi dans ce désert, j'ai besoin de toi dans cette absence. Dans ce silence, me diras-tu encore ton nom?...

Je me sens si seul, François!... Au-delà de ta présence, mais il me faut traverser le désert de ton absence. Au-delà de ton absence, mais il me faut traverser le désert de la solitude. Au-delà de Bethléem, mais il me faut traverser le désert d'Egypte. Au-delà, au delà, il y a toi. En deçà, en deçà, il y a moi. Un désert nous sépare. Ce n'est pas que quelques grains de sable. C'est la faim et la soif. C'est le gel et les brûlures. C'est l'égarement et les mirages.

Je t'appelle et la nuit reste froide. Je te prie et j'ai toujours faim. Je m'accuse et j'ai encore soif. Je ferme les yeux et les mirages m'égarent.

C'est froid un désert sans son étoile. C'est vide sans son Petit Prince. Descendras-tu de ta planète ramoner mon coeur? Viendras-tu consoler ta fleur, encore la protéger? ...Dis, si nous restions amis?...

Tu peux venir me voir, te dire, me dire à moi-même, me révéler tout de toi et de moi. Tu es ici, tu es là. Qu'est-ce à dire? Il n'y a pas d'espace où tu es. Ni de temps. Comment te suivre?...

Mets-moi en contact avec la Connaissance. Toi, maintenant, tu es avec l'Énergie universelle, avec le Savoir total: enseigne-moi. Je reste ouvert à toi. Par osmose, pénètre-moi. Toi qui avais tant de difficultés à apprendre des théories, maintenant tu sais presque tout. Moi qui apprends si facilement, je ne sais presque rien. Apprends-moi. Aide-moi. Merci, François.

Me suis couché à minuit, ainsi j'ai pu t'aimer consciemment plus longtemps. Maintenant, je te livre mon corps pour toute la nuit. Viens me chercher. Emmène-moi avec toi au-delà de toute connaissance, de toute science qui est la nôtre ici-bas. Je ne crains rien avec toi. Comme la première fois que j'ai fumé un joint avec toi. J'ai encore confiance en toi. Guide-moi. Bonsoir, mon ami. Dors bien. Quand je te disais cela, moi, je veillais près de toi pour t'aimer plus longuement, tendrement dans mon coeur. Maintenant, c'est le contraire. Veille sur moi. Je sais que tu m'aimes.

Souviens-toi des premiers moments vécus ensemble!Tu m'as permis ce que jamais je n'aurais osé rêver, moi qui m'estimais indigne de t'approcher tant tu étais beau, jeune, adorable, sexé. Succulent pour les yeux. Tu m'as permis de te tendresser. Tu as permis à mes mains de faire ce que faisaient constamment mes yeux depuis que je te connaissais. Tu as permis à mes lèvres de dire ce que mon coeur secrétait. ...Je me suis permis un écart, celui de tes jambes. Lapsus manuel. Merci, François. François, tu resteras le nom de mon Amour, amour fou, exclusif, éternel.

Dès le premier geste, tu t'es offert, généreux. C'était ton premier voeu. Tu criais de plaisir, te perdais en paroles élogieuses, suffoquais de jouissance. Jamais tu n'avais autant joui, me répétais-tu. Que j'aurais donc dû venir plus tôt chez toi!... Je ne le disais pas, mais ça me faisait tellement plaisir de te l'entendre dire!...

Le soir, quand j'arrivais à la maison, j'étais épuisé physiquement, toi, chauffé à blanc. Tu avais égrené les secondes te séparant de mon retour, avais aiguisé ton désir et habillé ton plaisir qui rutilaient de tous leurs feux.

C'était la période de réchauffement que tu m'avais préparée: le regard, l'attitude, la parole, le geste... D'abord, le galbe le plus éloquent du monde, toujours bien en vue et subtilement exploité. La langue passée sensuellement sur des lèvres charnues, frémissantes, gonflées comme une pêche fondante. Le ton du minaudement et le balancement irrésistible de tes hanches en t'approchant de moi. Un premier contact, à peine un effleurement, puis répété, répété et savamment exploité pour devenir une irrésistible décharge électrique. Alors là, c'était l'explosion.

Baisers fiévreux, incontrôlables, débordements de salive passionnés. Entre cent frissons et mille tressaillements, nous enlevions quelques hardes étrangères à notre projet. Mais tu avais toujours l'initiative, l'impatience de la passion. A bras-le-corps, tu m'emmenais dans la chambre, me suppliais du regard et souvent de la parole, pour hâter le contact de nos deux corps enflammés. Commençaient alors des caresses débridées, des baisers suffocants, des étreintes...: nous ne faisions plus qu'un. Toutes les parties de notre corps fiévreux goûtaient, en longues caresses, halètements et aspirations ennivrantes, les plaisirs fous que tu cherchais tant et que je ne croyais plus devoir jamais connaître.

Mes bras étaient pleins de ton si beau corps, rond, chaud, solide et doux. Sous toute caresse, les muscles s'offraient, généreux. Sous tout baiser, une plainte, bien sentie, presque douloureuse annonçait la célébration de tes joies.

Et quand, en préparation à la suprême jouissance, nos bouches enfin rejoignaient la source la plus profonde, la plus fraîche, la plus fascinante de nos désirs devenus les plus incontrôlables, tu exhalais une plainte inouie de satisfaction, de plaisir, de bonheur absolu qui se répandait comme un baume sur tous nos ébats.

Rendus à ce moment, tout ce qui avait précédé pourrait être considéré comme un travail pénible, comparé aux débordements du plaisir qui montait et descendait dans notre bouche devenue corps et dans notre corps devenu âme. L'univers avait cessé d'exister. N'existait plus que cette tension de plus en plus prégnante entre deux êtres, non plus même pour les unir, car ils ne faisaient déjà plus qu'un, mais tension vers l'infini pour dépasser le temps, l'espace et se perdurer dans l'éternité.

Les vagues du plaisir nous assaillaient, devenaient de plus en plus rapprochées, nous pénétraient comme le feu pénètre le fer rougi. La salive lubrifiait le mouvement devenu de plus en plus plaisurant, gratifiant. Les couleurs à ton sommet démontraient l'altitude de ta joie. Et la plus belle et la plus grosse et la plus solide et la plus désirable des racines de ton bel arbre généalogique, torturée par le plaisir, élancée, raidie, langoureusement puis amoureusement caressée de bouche et de langue, triturée par des lèvres obsédées, cherchant son soulagement, criant à la délivrance, mais condamnée à passer par toutes les étapes des joies les plus clapotantes, glissantes, coulantes, mêlées aux soupirs les plus agréables, cette racine absolue, faite de douceur et de violence, de force et de tendresse, chargée de joie et de vie, se raidissait toujours de plus en plus, se gonflait de sève dans la bouche, prête à éclater maintenant à n'importe laquelle des succions. Cette merveilleuse colonne, bien plantée, offerte, élancée, fiévreuse, torturée par chacune des caresses, vibrante comme une brûlure, plantée comme la source de toute énergie créatrice, le lien avec tous les siècles passés et futurs, cette colonne entre le ciel et la terre, offerte pour soulager et être soulagée, donner et se donner, devenait corps et univers.

C'est toute la nature que ma bouche en Ah! et en Oh!... caressait. C'est toute l'histoire des siècles que mes lèvres baisaient. C'est toute la joie, la vie, l'amour, les passions de toute l'humanité que ma bouche goûtait, avalait à même cette source universelle. C'est le plaisir absolu, la communion totale, éternelle que nous vivions. Que sait-il des autres et de lui-même celui qui n'a jamais connu ces suprêmes débordements?...

Puis enfin, un bouillonnement venant du plus profond de tout ton être, un bouillonnement s'amplifiant, par vagues successives, emplissant tous les testicules gonflés à bloc, montant en raz de marée irrésistible, arrachant des cris de genèse et de fin du monde, envahissant tout le corps secoué de soubresauts déchaînés, puis rejoignant enfin ce geyser extraordinaire de ma joie au milieu de tous les tremblements de ta terre génératrice en une violence inouïe de gonflements et de durcissements frénétiques dans ma bouche-sanctuaire, ce bouillonnement, avec toute la force libérée d'une grande éruption volcanique venait exploser en une apothéose de jets crémeux, chauds, abondants comme la Vie, gratifiants comme l'Extase jusqu'au septième ciel de notre plaisir. Puis, dans les halètements, les soupris, les actions de grâce, c'était la dernière délectation, le mélange raffiné de cette sève miraculeuse et de salive, pour en faire une douce tendresse entourant ton gland immense et douloureux, avec à peine une insistance sur le frein. Les derniers soubresauts, les ultimes plaintes du plaisir, la reconnaissance dans l'arc-en-ciel de ton regard, et dans tout ton corps, une promesse d'éternité.

Nous venions de refaire le monde, de relier tous les passés et tous les futurs, de créer des liens absolus entre nous, liens que ni la vie, ni la mort ne pourront jamais dénouer. Qui maintenant pourrait me reprocher de vouloir aller te rejoindre?... François, attends-moi, nous ferons encore mieux!

Terminé ce bal du temps et de l'éternité, du passé et du futur, du ciel et de la terre. A tout jamais. Ton merveilleux corps d'amour est figé pour toujours. Ta merveilleuse âme se cherche et me cherche. Quelle perte de caresse, tendresse et amour! Quelle froideur, douleur, désespoir! François, t'ai-je trop caressé pour que ton corps s'efface?...

Ne me reste plus maintenant qu'un espace parfumé de sa présence passée. Draps du souvenir dans le lit de ma mémoire. Le soir, en me couchant, je passe affectueusement la main, là où il fut. Je palpe le passé, son odeur partagée. Les draps de son espace caressent mon bras. Puis le lit se tait. L'incommunicabilité, c'est le pire. C'est la mort. Au-delà?... Futur?... Une larme, douce, tranquille, naturelle comme la rosée du matin. François.

Quelques jours pour autopsie, chinoiseries, hypocrisies. Les leurs. Je suis allé au salon funéraire à l'ouverture, aujourd'hui, quatre jours après sa mort. Lentement, apprivoisant dans mon coeur les émotions qui m'approchaient de lui. Je souhaitais que toutes les autos rencontrées me foncent dessus. Me tuent. Suis entré déjà complètement envahi. Derrière le groupe de proches parents, j'ai aperçu ses mains, puis lentement, l'espace m'a laissé entrevoir son visage. Là, le temps s'est arrêté. Je venais de changer de rythme, d'univers. Plus rien maintenant ne pouvait m'importer. Mes yeux sont devenus deux globes brûlants qui baignaient dans un surplus de chagrin. Ses si belles lèvres charnues, sa petite moustache, son large front. Sa beauté. Très pâle. Un peu vieilli. Il m'avait laissé.

J'ai fini par me rapprocher un peu. Je ne fournissais pas à me remplir de cette image si subite. Quelques paroles inarticulées, quelques sympathies manchotes et autres gaucheries, puis je suis

revenu le voir. Je brûlais du désir de le toucher .
Enfin! Pas de son vivant, en public, mais mort on
peut... Quand le vide se fut fait autour de lui, je me
suis penché sur son front et l'ai embrassé. D'une
convention trop longtemps. Une larme s'est échap-
pée, a coulé sur sa paupière fermée, puis, hésitante,
est descendue jusqu'à sa belle petite moustache nais-
sante. Elle a nettoyé le fard et mis à nu un passage
de notre relation. ...Il a pleuré une de mes larmes.

Je me suis agenouillé devant l'autel de son
corps. Mon Dieu y gisait exsangue, trahi, renié.
J'étais redevenu seul avec François.

Devant le souvenir de toi-même, devant
l'image de ce que tu fus jadis, laisse-moi recueillir
mes regards dans un bouquet d'amitié. Laisse-moi
ma souffrance prier au chevet de ce qui n'a plus
aucun nom dans aucune langue parce que ton âme
s'en est retirée. Laisse-moi tarir la source de ma
peine par cette larme comme la tienne. Avec un
extérieur si beau, quel devait donc être l'éclat de ton
intérieur?... O François, dans un corps aussi parfait,
moulé dans de telles proportions et mû par une
force aussi admirable, ton âme habitait le plus beau
château, animait la plus merveilleuse des cathé-
drales. De quelle force jouissait donc ton âme pour
qu'elle se trouve insatisfaite d'un corps aussi
souple et harmonieux! De quelle beauté devait
donc rayonner ton âme pour qu'elle cesse d'il-
luminer l'apaisante beauté de ton corps d'athlète!
De quelle merveilleuse bonté ton âme devait être
pétrie pour qu'elle ne trouve plus son repos dans
ton corps toujours tendu de tous ses muscles vers
l'amour généreux! Par delà ton éternité, laisse-moi
ton image à baiser, ton coeur à aimer, ton âme à
prier, ton Dieu à adorer. O François, laisse-moi

encore t'aimer...

Pardonne-moi tout le mal que je t'ai fait, mes impatiences, et surtout, si tu le peux, mon incompréhension la dernière fois qu'on s'est parlé. ... Tout le mal que je t'ai fait ... Je te demande pardon. Dois-je te dire que je t'aime?... Tu le sais.

Ils t'ont retrouvé mort, ils ont été surpris puis choqués parce que la machine brisée ne pourrait plus devenir le robot qu'ils espéraient. Ils t'ont finalement recueilli, se sont soumis aux normes (encore) puis s'efforceront de faire disparaître ton souvenir. Mais dans mon coeur, tu auras toujours ton refuge. Dirige ma main, dirige mes pas. Et quand tu le voudras, fais-moi signe.

Aujourd'hui, 29 décembre, service de François. Je me suis agenouillé devant lui et mis ma main sur sa main. Encore un peu trop longtemps. J'ai ressenti la fraîcheur de l'eau pure, au bord d'un vieux puits, coulant lentement sur nos mains réunies. S'infiltrait entre nos doigts, lavait nos fatigues, unissait nos coeurs, baptisait notre amour. Ces furtives caresses, joue contre joue.

– Que c'est merveilleux d'être avec toi!...

– Que je me sens bien!...

C'était au crépuscule. Maintenant, c'est la nuit. Souvenirs d'un été trop court. Maintenant, c'est l'hiver. Trop grand bonheur pour durer bien longtemps. Trop grand malheur. Maintenant,... Je vais y penser. Plus d'ami, plus d'emploi. François! Guy?...

Ai reçu les sympathies de quelques personnes. L'ai embrassé une dernière fois sur le front, et une dernière fois me suis agenouillé.

François, agenouillé au temple de ton corps, prostré au seuil de ton coeur, une dernière fois, je voudrais te cueillir dans le calice de mes mains rassemblées, m'abreuver à la coupe de ta claire beauté. Je voudrais me mirer dans la vision de tes yeux, m'envoler sur les ailes déployées de ta pensée. Je voudrais. Je voudrais... boire ton âme, prier ton désir, encore adorer ton coeur, toujours contempler ton front. Je voudrais souffrir pour que tu vives, vivre pour que tu m'aimes, continuer à t'aimer pour que tu sois plus heureux... toute l'éternité!

Terminée ta vie d'épave de la nuit, voici le rivage du matin. Ils t'ont démoli: tu as subi ton destin. Qu'ai-je donc à vivre ici?... Je te tends la main. François, prends ma main une dernière fois. Serre-la bien fort au coeur de mon chagrin. Je te sens encore si chaud au-delà du froid. Tiens-moi encore longtemps.

Qui veillera sur mon champ de grain, plantera mes piquets, aimera mes animaux? Qui veillera sur mon coeur au coeur de la nuit, caresse-ra mon dos les jours de pluie? Qui boira mon regard aux heures feutrées du soir qui descend? Dans quels yeux verrais-je briller les feux du crépuscule? Sur quelle bouche déposerais-je mes baisers dans nos grands nids de silence?... François, as-tu pensé à tout cela?...

François, tu m'as pris par la main, pressenti mon chemin. T'ai pris par la main, épousé ton destin. Ta large paume calleuse serrait ma petite main offerte. J'y sentais l'odeur du bois coupé, douce force dans ma main, déjà chaleur pour l'hiver. Je sentais la fraîcheur de l'eau d'érable, tout le soin, l'attention au réduit, au beau sirop qui coule clair, pur et net. Je sentais tous les sillons du labour, terre fraîche renversée, toute cette vie surprise, soulevée qui devait se préparer. Je sentais les semailles dans la poussière et la vie, la bonne odeur de la terre encore une fois remuée en lui confiant ton trésor. Je sentais le respect des animaux, la caresse aux vaches à traire, à tous les autres à soigner. Je sentais la promesse de fruits, nouvelle harmonie des pommiers émondés. Je sentais tous ces grands travaux qui me laissaient les tout petits: les fleurs et le jardin, le parterre et la maison. Je pouvais les entrecouper pour les téléphones et les repas, la moulée à recevoir, les oeufs et le porc à livrer: tout ce va-et-vient d'une ferme, sa respiration profonde. Je sentais tous ces petits piquets plantés, ces broches étirées pour les animaux et les voisins, séparations utiles et transparentes. Je sentais cette riche poignée de foin coupé, de luzerne odorante et colorée, première moisson, première naissance, première récompense. Je sentais une douce pression:

– Michel, nous avons réussi, la terre nous remercie.

Je sentais au bout de tes doigts, ton application, toutes ces réparations, ton soin à rendre le tout plus offert, plus beau, généreux. Tout était toujours prêt, en marche, harmonieux: ta main s'y était posée. Une vertu était sortie de toi. Du tracteur à la faucheuse, du bouleverseur à la tronçonneuse, le ronron et le cliquetis, constants et joyeux, se répondaient en harmonie. Entre chaque phalange de tes doigts, je sentais la multitude des petits riens nécessaires qui faisaient briller le quotidien, relevaient le terre à terre. Dans tes profondes rides rugueuses, sillons de mes semailles, rigoles de mes plaisirs s'écoulaient les surplus de mes pluies. A la base de ton pouce, sous sa caresse, je sentais ta force qui s'offrait. Qui m'aimait.

– Michel, c'est pour toi.

– François, tu te donnes à mon service, construis ma vie, répares ma vieille clôture, sèmes dans mon grand champ, engranges mes récoltes. ...Préviens l'hiver. Dans ma vie tu es l'âme, chaleur dans mon foyer. Tu es le muscle, l'action, le grand air là-bas, le bout du champ. Je suis la respiration, le souffle, la propreté des bâtiments, la réponse à ceux qui passent. Tu caresses tout mon domaine, le soutiens au coeur de ton effort. Sans compter, tu te donnes; sans restriction, je reconnais.

Ai retiré ma main, l'ai collée fortement sur mon autre main puis les ai versées au coeur de mon coeur pour y conserver son aimable odeur. Suis parti pour l'église. Assis en arrière où j'avais l'intention de rester, l'ai attendu une heure.

Grâce à François, ma terre respirait. Le printemps, l'automne. L'aurore, le crépuscule. Le soleil et les étoiles. Au matin, l'inspiration; au soir, l'expiration. En plein midi, la transpiration. Elle reçoit, elle donne; elle prend, elle abandonne.

C'est toute ma terre qu'il tenait bien au chaud dans sa main, c'est toute ma vie qu'il protégeait de sa force habile et douce, c'est toute mon âme, mon coeur, ma raison de vivre qu'il tenait, soutenait, caressait sans s'en rendre compte, simplement comme un enfant. Il n'en tirait aucun avantage, n'exploitait pas. Mon monde s'écroulerait sans lui. Il était. Là. Ici. Lui. Moi. Nous étions. Si nous étions bien ensemble?... Pas de questions. Pas de calculs. Je le sauvais; il était ma vie. J'étais son souffle; il était ma main. J'inspirais, il expirait.

Ce paisible va-et-vient entre l'extérieur et l'intérieur, des poumons au coeur, de toute la nature au corps. Echanges gazeux, affectifs. Echanges de nos mains, corps partagés. J'entrais tout mon corps dans son corps. J'avais tellement d'espace. Un royaume. Ma tête dans sa tête, mon coeur dans son coeur. Je respirais son air, goûtais son oxygène, échangeais quelques battements. Je me sentais dans son sexe. Là aussi, j'avais tellement d'espace. Un royaume. Je partageais sa vision, toujours droite, directe, concrète. Il avait tout pour être heureux ...dans une atmosphère contrôlée.

J'étais son compresseur. Son thermomètre. A moi d'élever ma colonne de mercure au bon moment, au bon endroit. A moi de partager chaleur et humidité pour conservation et germination. A moi d'aérer puis de protéger, de défendre et de répandre. Nous étions heureux! ...Si dépendants, nous étions bien fragiles. Mais quel grand bonheur n'est pas fragile?...

Mais quel est donc ce grand malheur de tant aimer!...

Guy est venu s'asseoir près de moi. Quel coeur!... Ai serré sa main. Guy!... Le feu coulait de mes yeux, calmement, intarissable. J'ai suivi de loin le corps de mon ami, la beauté, la perfection, le grand coeur de François, ses mains, sa douleur, parti avec l'essentiel de moi-même. Guy toujours avec moi. Nous sommes revenus ensemble. Lui donnant la main:

– Merci pour ta présence, ton accueil. Merci pour ta bonté à mon endroit.

– Je le fais pour François. Il me l'avait demandé. Je le fais pour vous: vous avez été digne de lui. Il a été digne de vous.

Mon Dieu, qu'un homme peut être bon!

UN COURT HIVER

9

LES TÉNÈBRES

Mon livre s'est refermé, un verrou sur mon coeur s'est posé. Je vais lèvres closes dans l'univers qui m'est étranger. Je recherche ta présence.
– C'est inutile, me dit ma raison.
– J'espère encore, me dit mon coeur.
Mon livre s'est rouvert et j'ai vu ton image. Un souffle, un mouvement fugace et la grâce avait passé. Couleurs bigarrées, absences froides, vides indifférents, un souffle est si vite échappé. Ma cage s'est refermée. L'espoir coincé dans la porte crie.

Comme les autres jours, j'ai refait toutes les pièces où nous vivions. J'ai écouté sa présence, senti son souvenir. Un parfum, une émotion. Parti. Mais une sensation étrange ne me quittait pas. Il était partout: je baignais en lui partout où j'allais. Partout sur mon corps, sa caresse. J'étais désemparé, mais non désespéré. Il était trop présent pour que tout soit fini. Il était là et je l'aimais toujours. Je lui parlais sans arrêt. Si tu veux, François, si tu peux. Seulement, ne me fais pas peur, ne me secoue pas des frissons de l'horreur. Je viens ici en humble mendiant au bord de ta tombe quêter une consolation, au seuil de l'éternité, peut-être une espérance. Je te sais vivant, je te sais là, mais où et en quel état?

Puisse ma question te marquer ma foi, te souligner mon espérance. Je suis à ta disposition, si je puis t'aider... Une porte nous sépare, une serrure nous rejoint. Tu as la clé, j'ai la page de mon silence. Travaille la serrure, fouille ses mystères, rejoins-moi par quelques cliquetis, puis la porte sourira. C'est le symbole qui sera notre monnaie d'échange, la symbolique, notre médium. Le symbole plus riche que la réalité, le rêve plus emballant que certains réveils.

Hier, ton ami Patrick, a couché près de moi à ta place. Nous avons parlé de toi longtemps avant de nous endormir, mais rien de plus. Ce matin, je suis certain que tu es là... ici... que nous sommes. Patrick, toi, moi... Je suis envahi par une chaleur, un frisson, une inspiration. Je commence à lire. Tu m'arraches le livre: il faut que j'écrive! Je reprends ma lecture: deux phrases, un paragraphe... Je dois écrire, t'écrire. Tu diriges ma main, je le sens. Ecris un livre. Ecris un livre. Je t'inspirerai. Raconte-toi, raconte-moi. La mort ne nous aura pas séparés, mais unis. Un ordre! J'écris. Tu habites mon âme: mon coeur me le dit en me battant tout le corps. Je frissonne, je pleure, je suis possédé. Et quelle possession! Jamais nous n'avons fait l'amour de cette façon. Jamais nos corps enlacés n'ont autant parlé à nos âmes effleurées. Maintenant, ce n'est plus que deux âmes.

Je me sens baigné par une source douce, entouré, enveloppé. C'est le Grand Tout de l'Univers, l'ensemble de la Connaissance qui me rejoint et essaie de me pénétrer. Je le sens, je te sens. Je te caresse, je m'épuise. Tout mon corps frissonne; il ne peut te suivre. J'écris, je t'écris. Je m'écrie: TOI! Et je t'aime.

Patrick se lève. Ses premières paroles:

– Ecris-tu un livre?

La surprise me fige, je ne peux lui répondre, les sanglots m'étouffent. Il me parle. Je continue à écrire. Calmé, ce sont les civilités d'usage. Je finis par lui dire:

– François t'aimait beaucoup.

Plus tard,

– François est avec nous, François est ici. Je le sens, tout est si transparent.

Je sentais Patrick, tout son être, bien au-delà des battements de son coeur. Je sentais François encore plus profondément que s'il avait été là physiquement. J'étais baigné par sa présence, à l'intérieur et à l'extérieur. Quel accueil je lui faisais dans mon coeur et dans mon esprit! Mais cela me rendait triste aussi. Le coeur ne suit pas toujours la raison. Puis, j'ai pleuré, pleuré en secret, en ravalant mes larmes. Toute la journée. Le soir, épuisé, lui ai fait ma prière.

Dans le secret de ma chambre, dans la profondeur de ma solitude, François, je sais que tu es là. Je sais que tu es avec moi et me demandes d'écrire ceci. Aide-moi. Dix fois, j'ai relu les textes des derniers jours: ce n'est pas moi qui ai trouvé cela. Merci pour ta science, la Science à laquelle tu puises et que tu m'inspires. Tes émotions m'épuisent, mais peut-être me permettront-elles de survivre. ...Ou de te suivre?...

Je relis hier et fixe aujourd'hui. Surprise. Il me semble qu'il y a des mois que j'ai commencé à écrire. (Pour lui, il n'y a plus de temps). Est-ce vraiment moi qui ai écrit tout cela?... Non. J'ai la main seulement, il a l'esprit. Son corps nous a quittés, mais pas son âme. Elle est même plus présente qu'elle ne l'a jamais été. Son corps nous la cachait. Peut-être à lui aussi.

Ce n'est pas une bible que j'écris. Ce n'est qu'une émotion. Une émotion plus importante qu'un raisonnement. Et une simple intuition dépasse souvent la réalité. Je n'offre donc qu'une intuition. Que chacun chemine comme il peut et que gagne la vérité!

Ce que j'écris, c'est un livre d'amour d'un mort avec un vivant. L'inverse serait moins vrai. C'est Tristan et Yseult. C'est Roméo et Roméo. Qui pourra juger et surtout condamner?... L'Amour appelle l'amour. L'Amour appelle et c'est tout. On accepte ou on refuse. L'Amour ne choisit pas le temps ni les circonstances, les personnes ni les conséquences. Serait-Il de l'Au-delà?...

Je t'ai serré si fort que même mon écriture porte ton empreinte. Tes muscles soulèvent mes phrases, tes pectoraux gonflent mon verbe, ta

148

respiration rythme mes ponctuations. Au détour d'une phrase, ton image me guette, me surprend, puis me sourit. Ta main tient la mienne et j'écris: je t'aime! Je te caresse par ce souffle qui soulève ma page, te taquine par des mots qui titillent entre eux, comme eux et amoureux. Empreinte cordiale. François, le corpus de mon écriture.

Je suis dans une cage à ciel ouvert. De nouveau, François me parle. Et je le dis. C'est un long poème douloureux, une longue marche de ma solitude à sa plénitude. C'est la lente et patiente destruction, pierre par pierre, de la muraille qui nous sépare. Tâche de Sisyphe. Espoir de ceux qui s'aiment. Désespoir des sans foi, des sans foi dans leur amour.

François était le plus beau de l'école. Mâle, droit, viril. Tendre, bon, sensible. Incapable de dire non. Attachant comme pas un. Toujours d'accord, jamais de reproche. Toujours oui, jamais une plainte. Il était fort, beau, si bon! Sans malice, quelques faiblesses; trop bon, sans défense. Il est encore meilleur. Parfois en classe, pendant que tout le monde travaillait, il me fixait du regard intensément. Tellement intensément qu'il m'arrachait à mon travail pour le regarder. Il ne baissait pas les yeux et me fixait encore. Et Dieu sait quel regard était le sien! J'en étais tellement ému que je ne savais plus comment cacher mon émotion. J'avais peur de lui faire peur. Maintenant, il le sait.

Il était fermé sur l'intérieur. Replié. On n'en savait rien. A l'extérieur, tout était beau, bien, bon. Il a été comme un cocon qui se forme, se ferme et cache l'essentiel. Et si on a le malheur d'arriver après le coup de grâce, on retrouve le cocon vide. Déserté. Le papillon déjà envolé. Un coup de vent, et le voilà parti vers d'autres cieux. Il nous a échappés; il n'a pas pu nous retenir. Ou plutôt, nous n'avons pu le retenir; il nous a échappé. Nous en savons si peu sur les secrets de certains papillons. Serait-ce les plus beaux?...

Tant de sentiments, d'émotions, tant de délicatesses, d'affection non exprimés l'ont peut-être emporté. Il a été dévoré par son silence. Un grand courant d'air dans la caverne de notre état corporel l'a soufflé à l'extérieur. Sans trop s'en rendre compte, il s'est retrouvé en dehors de la cage comme un oiseau qui ne l'avait peut-être même pas demandé, tout surpris de sa liberté retrouvée au matin – car pour lui maintenant, c'est toujours le matin.

La façade a repris ses droits, mais je continue à marcher dans d'étranges labyrinthes ouverts par la souffrance, le tunnel dans mon coeur. Le 24 décembre est un jour mort. Je ne veux plus le revivre. Je refuse de l'exhumer!... Mais qui suis-je pour me donner des ordres?... C'est François qui commande!

Besoin irrésistible de reprendre mon travail pour François. Je lis un peu; je dois m'arrêter. Je vais chercher les feuillets commencés; je relis un peu, j'écris encore beaucoup. Le téléphone me dérange longtemps, mais je dois revenir à François. Il me commande. Il faut dire que je ne l'oublie pas. Continuellement, je pense à lui, l'appelle, le prie, l'invite, m'offre. Tous les jours, j'essaie un voyage astral en l'invoquant. Il m'aide beaucoup. Je réussis de plus en plus souvent et j'apprends sans arrêt. Les rêves prémonitoires se multiplient et François reste toujours chaud dans mon cœur.

Je ferme les yeux, chasse toute préoccupation, m'offre comme une page blanche. Les impressions viendront. Ne pas m'accrocher à une pensée, un désir, seulement les constater, les sentir. Surtout, ne pas les interpréter. D'autres viendront. Les analyser, c'est les chasser. Les accepter, c'est les inviter. Qu'est-ce que je peux faire? Qu'est-ce que je dois faire?... La réponse s'impressionnera d'elle-même. Et avec le temps, de plus en plus précise. Malheureusement, au matin, je ne me souvenais pas toujours précisément, faiblesse de concentration et de conscience. Mais il était toujours là. Insistant, désemparé... comme moi. Tous les deux, ouverts, offerts, palpitants, mais déchirés par le temps. Deux mondes hermétiques. Que veux-tu? Comment t'aider?... Tout ce que je te demande, c'est de ne pas m'effrayer. Mais reste ici, reste avec moi. Tu es chez toi, ici. Ce sera ta demeure. Tout ce que je pourrai faire pour toi... Je sentais sa présence haletante, parfois inquiétante, souvent réchauffante. Tous les soirs, je m'endormais avec lui, et à ma prière et à sa bonté, ma nuit était peuplée de songes merveilleux, bombée de sa présence, souffle caressant, l'aile d'un ange.

Je sais que François me guide; il prend ma main. C'est sa manière de me caresser. Il tient ma main et j'écris sa pensée. Il tient mon cœur et je partage ses émotions. Je pense, j'aime et je vis pour deux. Lui et moi. Nous. Je suis matrice? Bien plus. Je reste moi, aussi. Nous sommes Nous. Hier encore, j'ai senti son corps. Il était là à quelques centimètres, nu, vivant, palpitant. Une bonne grosse chaleur, ronde, attachante, envahissante. J'en avais l'odorat rempli, le coeur ému. Un peu exhibitionniste, en pleine gloire, tendu comme un arc, rempli comme une outre, offert au regard comme au coeur, au désir comme au corps. J'ai eu un petit sursaut. Il était tellement là! Comment ne l'ai-je pas vu?...

Comme la dernière fois qu'il a fait l'amour, c'est avec moi qu'il l'a voulu. Pour me faire plaisir encore. Quelques heures avant sa mort, lui qui est mort avant son heure. J'en ai fondu de tendresse... après coup aussi. Et la première fois après sa mort, c'est avec moi encore. Peut-on connaître une telle bonté, une telle délicatesse? Je l'ai connue. François l'avait. Il l'a encore plus.

17 janvier. Nuit froide, grande lueur. Le ciel s'éclaire de plus en plus. Crépitements, flammèches. Le voisin qui brûle?... Non, ça vient du milieu des champs. Près du bois..., derrière le rocher... Une grande épinette. Geignant de toutes ses écorces, aspergeant de toutes ses aiguilles, illustrant un bien grand chagrin, elle brûle. Ce ne peut être que lui. Il m'appelle.

M'habille et m'avance lentement sur la route, pèlerinage au pays des souvenirs malheureux. J'emprunte le chemin de service, le chemin de la croix de François. Je distingue une silhouette près du feu. C'est bien lui. C'est bien l'épinette. Appuyé sur sa hache. Un gallon d'huile vide. Une grosse branche coupée, appuyée sur l'arbre en feu, elle brûle avec les branches mortes disposées pour la part du feu. Elle ne tuera plus personne. Cet arbre mérite la mort!

J'arrête à distance du respect, respect de sa douleur, respect de sa solitude. Sans se retourner:

– Je savais que tu viendrais.

C'est la première fois qu'il me tutoie. Je m'approche encore. Je sens déjà sa douleur, sa rage d'homme. J'arrête de nouveau. Elle me brûle aussi. Il enlève son gant, passe sa main sur ses joues. Sa main pend, nue, mouillée de larmes. Muette invitation. Je la prends lentement comme un oiseau blessé, la serre dans la mienne, toute humide aussi. Sans un mot, nous regardons brûler le bourreau... Un des bourreaux. Il ne tuera plus d'enfant sans défense. Vengeance dérisoire, au moins défoulement. Macabre et grandiose. Bûcher funéraire.

Au pied de son gibet, sur sa tombe fraîche, je remue la cendre de mon coeur consumé. Urne débordante. Je revois François qui ouvre son coeur aux intrigues d'hiver et livre son aile aux souffles du vent. Il refuse de réfléchir, c'est le vent qui l'inspire. Et l'intolérance glacée qui escalade son mur, lui siffle des injures et lui glace la face. Je lis dans le vide brûlant le fuyant désespoir de ses yeux lorsque sa figure malheureuse pend, abandonnée par la poussée de l'élan au bout du tremplin désespoir. Je vois au pied du monstre noirci les cendres d'une vie trahie, les déchets d'un geste inutile, le prix du mépris.

Lentement, Guy désserre son étreinte, reprend sa hache, brise rageusement la grosse branche à demi brûlée. Les morceaux poussés au coeur du foyer crépitent. Il revient vers moi. On se regarde pour la première fois, ...tous deux comme des Piéta. Il laisse tomber sa hache, s'avance

153

lentement, ouvre ses bras:

– Michel!

– Guy!

En mêlant nos larmes, on sanglote doucement.

Lui avec sa hache, moi avec le bidon vide, deux ombres dans la nuit glacée où fume encore un squelette hideux, lentement nous revenons, comme des personnages de descente de croix, profondément meurtris dans notre coeur, notre âme, notre foi. ...Nous espérions... François, il se fait tard, reste avec nous. Rendus à la route:

– Tu m'as fait du bien.

– Toi aussi.

Je refais la voie des souvenirs douloureux vers ce tombeau vide de ma maison. S'il fait toujours aussi froid, au moins j'ai vu briller une petite lueur, entendu battre un grand coeur. Je n'étais pas seul à l'aimer. Je ne suis plus seul à le pleurer. Guy, merci! Merci d'avoir partagé ton pain avec moi. Même mouillé de larmes, il a nourri ma foi. Oui, tu m'as fait du bien.

Mon petit bonheur d'hier ira lui aussi, près des autres alignés, marqué d'une croix, au cimetière de mon coeur. Lui aussi, des limbes de l'inconscient, à la tête d'un peuple aux linceuls affolants, reviendra aux silences nocturnes poser sur mes yeux gonflés et rougis l'avare suaire de mes bonheurs enfuis.

Je ne suis qu'un aveugle depuis ton départ
Mes yeux ne voient plus si la vie continue
Je tâtonne dans le noir et n'y vois qu'une impasse
Je me bute aux tessons de l'espoir
Au chemin qui me mène vers toi.

Est-ce qu'on meurt encore dans le monde
Est-ce que la vie s'est parée un peu plus
Est-ce que des fleurs poussent encore sur les tombes
Est-ce que la lumière encore a jailli

Et le chant des oiseaux

Non

La tombe s'est refermée à nouveau
La lumière n'a pas jailli
La noirceur a habité ma solitude
 et la souffrance y vit comme chez elle
Mes yeux fermés ont rêvé à toi
Mais mon espace à moi
 est trop étroit pour ton royaume

La plaie de mon corps
S'est retournée sur elle-même
Et dans son sang et ses pleurs
Mesure son désespoir
De ne plus te revoir

Un oiseau apprend-il deux fois à voler
Un poisson à nager
Et un homme à aimer

Si la lumière s'est levée ce matin
Pourquoi fait-il encore si sombre

Les fossoyeurs de l'espoir
 n'ont-ils donc jamais le temps
 de changer leurs habits
Les douaniers de la mort
 ne pourraient-ils s'absenter

Le gazon est sûrement replacé
On recommence à respirer
 – Enfin on ne pensera plus à lui
Il est bienheureux
   ... et nous autres aussi.
Mais est-ce vraiment le temps de faire des vers
Depuis le temps qu'il pourrissait...

Et l'aveugle se retourne dans sa tombe
 à la recherche d'un espace

Les oiseaux ont-ils recommencé à voler
Les fleurs à pousser
La lumière sera-t-elle éteinte
 quand j'arriverai

Premier mois de son départ. Suis retourné voir le médecin. M'a encore bourré de pilules que je prends de moins en moins. Il ne le sait pas. Ce qui m'intéresse, c'est François. Je n'accepte pas. Suis-je coupable? L'ai-je assez aimé? N'était-il devenu pour moi qu'une habitude, ce rejet subtil? Pourquoi ne l'ai-je pas retenu le 23 décembre?... Vivre sans toi, François, comment, pourquoi?... Mourir, pour moi n'est rien; te voir mourir, c'est trop. Pourquoi l'oiseau s'envola-t-il? Pourquoi a-t-il fui le climat qui nous était si doux?... Ai-je trahi la liberté bleue des espaces de l'amour, pour rester seul dans une cage vide et froide?... Où es-tu parti, moitié de moi-même? Pourquoi?... François, je suis sur le seuil: je m'accuse ou survis?...

Suis monté sur le toit du château, ai sondé sa hauteur. Son vide m'entoure, m'enserre, m'étouffe. Son vide m'attire et la tentacule du vertige aspire mes dernières volontés. Instinct de survie? Lâcheté?... Je m'éloigne de ces sirènes qui chantent plus bas... Je fuis ce pas que je crains faux pas. Je m'éloigne de ce rebord d'où l'on ne revient pas. Morale? Orgueil? Peur de souffrir?...

Je me réfugie dans les entrailles du vieux château. Je me colle à ses viscères gluantes, m'accroupis dans les replis d'un organe obscur. Je fais le vide en moi. Au rebord de moi-même, je sens le vertige m'engourdir, ma conscience chavirer. Puis je m'étends sur le plancher, bras étendus, crucifié par la peur de tomber. Soumis, résigné, soulagé, je goûte un instant de repos.

On doit toujours repartir. Je me relève lentement, étourdi, redescends les marches de l'obsession. Je me promène maintenant en des réalités étrangères. En cachant mes plaies, je troue des tunnels aveugles qui serviront peut-être à des âmes égarées. Tunnels, catacombes, à la pâle lueur des secrets balbutiés, au milieu des détours des demi-vérités, dans les courants d'air des silences glacials, sur les passages murés du désespoir, nous nous retrouverons toutes, âmes perdues, spectres hurlants, au royaume des tunnels déroutants.

Puisses-tu, frère, qui lira ces lignes, au seuil de notre pauvreté, là où on aura beaucoup aimé et beaucoup souffert en silence, non pas te déchausser, mais sourire. Sourire aux passants, à tes amis, à la vie. Sourire pour ceux qui n'ont pas su.

Janvier restera le mois de mes doutes. Le cimetière de ma foi?... Je m'accroche à la moindre fissure, peut-être en sourdra-t-il un rayon?

La vérité est creuse et son vide m'exaspère. Je suis incapable de penser, car je crains les conclusions de ma logique. A chaque essai, mon subconscient me bloque l'entrée et son dispositif de sûreté répercute en mon âme son écho douloureux. C'est l'instinct de conservation. Une telle lourdeur de solitude ne permet pas un bien grand mépris de soi. L'avenir n'est pas sombre: il n'existe pas; il ne m'inquiète pas: je n'existe pas pour lui.

Dieu est à côté de moi et je suis à côté de lui. Entre lui et moi, c'est un abîme sans profondeur qui nous attire, peut-être l'un et l'autre. Peut-être que c'est au fond seulement que nous nous rencontrerons. Peut-être alors escaladerais-je la paroi opposée à celle qui m'aura déchiré dans ma chute? Peut-être chercherais-je un autre gouffre plus profond qui me conduira vers les lumineuses ténèbres du néant. Peut-être... Peut-être... O absolue certitude de la foi!...

Mais par atavisme ou par grâce, je dois sincèrement ajouter: en moi, je sens le soutien d'une présence, mais mes mains d'aveugle fouillent sans cesse dans un silence peuplé d'ombres et mes pieds de boîteux, de déchets en déchets, sondent des précipices à la recherche d'un pont, invisible, sans doute, mais... qui devrait exister... O absolue certitude de la foi!...

Ces pages sont ma mémoire, ces feuillets, mes fétiches. Je m'accroche à eux comme à une bouée. Me retiendrez-vous encore longtemps? Je m'accroche. ...Mais l'écriture est lourde, je m'enfoncerai avec elle.

L'espérance a-t-elle jamais existé? Ses cloches se sont-elles à jamais envolées? Son carillon qui fleurit notre enfance ne fut-il qu'un beau mirage symphonique?...

Il me semble que la mesure soit pleine. La charrue est allée trop loin. Elle a voulu trop tirer de cette terre. Elle a creusé un sillon de trop. Elle a déchiré la terre nourricière d'une plaie qu'il ne fallait pas. C'est la goutte qui fait déborder le vase. ...Et cette larme inondera le champ. Ses ravages, incalculables. Les pousses délicates noyées. La boue montera à l'assaut de ceux qui s'y aventureront. Et la mer d'amertume chargée d'épaves, de cadavres d'espoirs, de chagrins houleux roulera dans le noir suaire de la nuit, les notes moqueuses de l'espérance morte.

J'aborde février, mois de contrastes. Froidure et dégel, grandes tempêtes et soleil. Je me sens ballotté, moi aussi. Pôle nord et pôle sud, espérance et détresse. François métronome mon coeur. Il en fait ce qu'il veut; il rythme mes joies et mes peines. En augmente la cadence, contrôle le débit. Il enrichit mon sang, le purifie.

J'ai fait l'amour avec Patrick et j'ai pensé à François. Je suis à crans. Les événements ne glissent pas sur moi. Ils s'accrochent, s'effilochent. Les personnes s'écorchent. Qu'ai-je à vivre ici?...

Quelques professeurs de mes amis sont venus me voir, cet après-midi. Très gentils. Je me sentais souvent absent. Décroché. Eux, parfois gênés. On forçait souvent le rire pour des choses banales. Atmosphère forgée, martelée de poncifs, lourde. Au départ, un peu trop d'encouragements, de bons voeux: j'ai sûrement l'air très mal en point. Une fois entrés dans l'auto, les portes fermées, tous les sourires sont tombés, avec les faces. Quelle terrible impression! On dirait qu'ils sont venus me confirmer ma propre condamnation.

M'occupe plus de rien dans la maison et sur la ferme. Tout est sale, en désordre et à l'abandon. Guy s'occupe seulement de l'essentiel tel qu'entendu. Quelle chaleur, il m'apporte, lui! Plein de petites attentions, conseils pour ma nourriture, mes remèdes, etc.. Il m'a fait tellement de bien à plusieurs reprises. Il essaie toujours de m'amener manger chez lui. J'y vais de moins en moins souvent. Je ne sors presque plus. J'écris. François va être content. Ce livre est mon respirateur artificiel. Une trachéotomie dans la gorge du temps.

Six semaines depuis... Riki, son petit chien, vient de mourir. C'est ça, la fidélité. Il m'a fait beaucoup réfléchir... Surtout, quand on se sent coupable. Quinze jours glacials, insupportables. Il fait aussi froid en dehors qu'en dedans. Aujourd'hui, une poudrerie intense nous a davantage isolés.

Sur l'allée mitraillée de poudrerie, sur mes pieds qu'on essaie de couper, je veux m'en aller jusqu'au bout du chemin. Je ne veux plus de ma vie accepter le destin. Je veux de la poudrerie m'offrir au froid assassin.

Derrière ma fenêtre à la toile entre-ouverte rêve mon regard de rectangle horizontal. Les arbres, il les coupe, le parc le découpe. Et me voilà prisonnier dans cette glace qui me torture les os et me brûle la face. C'est un monde aux arbres tronqués, aux branches tordues. C'est un monde aux mouvements empesés de rhumatismes geôliers. C'est un monde emprisonnant les mouvements qui brise les fins rameaux. Ils n'osent même plus maintenant rêver d'un rapide instant de liberté. Ah! maudit froid de l'hiver qui brûle l'esprit et vide les vies!...

Que faire dans cet enfer artificiel balayé de poudrerie sentinelle, méconnaissable au milieu des arbres morts qui ne peuvent même plus esquisser l'ample geste de leur liberté perdue?... Figée dans la mort, figée dans le frisson de la mort, cette vie déchire toute intimité, hurle dans toute solitude. Elle fait se courber la tête et se glacer la main ...et n'embaume même pas ses cadavres!

Devant le passant solitaire à la mine inquiétée, regardant derrière pour le souffle échappé, devant le lampadaire, ce grand bras torturé, égrenant sa lumière au bout de ses doigts gelés, au bout de l'allée, bancs de pierre abandonnés, vous vous rappelez peut-être les amours chassées par la poudrerie... Pour ce seul petit espoir, que j'aurais donc voulu, avec toi m'être assis, sur ces vieux bancs de pierre au bout de l'allée, avant la poudrerie!

Ah! sans doute qu'à mon tour, passant solitaire, la mine inquiétée et regardant derrière, près de ce vieux lampadaire aux reflets funéraires, reviendrai, cherchant encore et toujours, les impossibles amours. Ah! cette maudite poudrerie!...

161

Premier mois de mars...seul. Tour à tour soumis et révolté. Réconforté, désespéré. Où suis-je? Que vais-je faire?... Où est-il? Que puis-je faire pour lui?... Un lieu comme un lien réunit. Ne pas connaître son lieu, l'évanouit, l'efface, me glace. L'ignorance empire l'absence.

Vais-je habiter mon passé dans des vêtements démodés, trop beaux pour mon âme, injure pour le corps de mon ami, dépouillé des vêtements de son identité, pendu au gibet d'une société grimaçante de tous ses trophées accrochés, ici et là, au hasard de ses chasses à la différence?... La norme étant... l'indifférence!

Le différent, c'est le Survenant dans une société fermée. Le Dompteur d'ours dans une société étouffée. Étranger de toute sorte: extra-terrestre vindicatif par définition, araignée qui ne ressemble même pas un peu au petit minou familier, et toute bibitte qui ne vient pas de notre rang, paroisse, religion, pays, et constitue la nourriture privilégiée du xénophobe anthropophage ou des étroits du sommet à la base confortable.

Puis-je maintenant seulement penser au présent?... De plus en plus, je me sens délateur du présent au profit du futur. J'inspire dans l'en-deça et j'expire dans l'au-delà. Je transgresse le présent et me réfugie dans le futur, un ailleurs et un plus tard. Je brûle les étapes. Sublimination. Je saccage ce présent à cause d'un passé.

Madame Eric Labrecque, un nom comme une écorchure. Elle fut une des principales causes

de sa mort, elle en fut la moins touchée. Un vagin.
J'ai tout le mépris disponible pour cette femme. Elle
vint au Salon ... pour voir le monde. Puis se sauva.
L'affaire était classée pour elle comme pour les
policiers: suicide d'un étranger.

Je viens d'apprendre par Claude que l'enfant
est né. Il s'appellera Francis Labrecque. Ce fils a
deux pères... et pas de mère. Le secret de son origine
sera bien gardé. La chape de plomb de l'hypocrisie
sociale étouffera la vérité. Une fois de plus. Mais
moi, je dirai à Francis qui il est. Le pourquoi et le
comment. Quand il sera adulte. Si je ne meurs pas
avant. Assassiné par son grand-père. Ou autrement...

Méfie-toi des Ides de Mars.

La présence du révolver dans la maison
m'obsède. Je le sors souvent pour soupeser,
caresser, sentir dans ma main le poids de sa froide
utilité. L'ai réchauffé à mes deux mains jointes
comme une prière à lui adressée. N'ai rien formulé
encore mais comme un Dieu, il devine bien les
plans plus secrets, les desseins mis en route par
remords et désespoir.

Même en ce moment, il est sur ma table
devant moi. Pointé sur mon écriture. Je ne
raisonne pas sa présence, mais je sais qu'il me juge.
Un jour, qu'il s'approchera de plus en plus, qu'il
deviendra un confident, un ami. Peut-être...
L'impression de danger qu'il m'inspirait déjà m'a
tout à fait quitté. Le Petit Prince parlait, jouait avec
son serpent jaune. Puis quand le moment fut
venu... Mais il faut que ce soit au bon moment et au
bon endroit. Il faut des règles. Une trop grande

solitude exige une liturgie.

J'ai perdu mon révolver. Hier après-midi, suis allé au rendez-vous de François, l'épinette maintenant calcinée. J'ai déchargée toute l'arme sur cet assassin de mon coeur. Il le méritait bien. Guy, affolé, tout de suite est venu.

– Michel, tu m'as tellement fait peur!

– Elle méritait tellement la mort!

– Je te comprends. Maintenant, elle est bien morte.

A tellement insisté que j'ai dû lui donner le révolver. Il n'a pas été commode, mon Guy, aujourd'hui.

Après avoir relu le début de ce cahier, je constate que j'ai échoué. Le cadavre que je voulais ramener à la vie m'a dévoré. La vie n'a pas vaincu la mort; je donne ma vie à la mort. Coupable! Moi aussi.

Peu à peu, je me vide dans son oeuvre. Je suis habité par une absence inquiétante, un long silence errant et m'abandonne moi-même progressivement au profit de mon personnage. Comme une laisse, le souvenir de François me retient. Il m'a empêché de m'évader dans le suicide pour aller le rejoindre: solution de facilité?... Plutôt, pendant ces trois mois, il m'a empêché d'aller ici, là, de me distraire.

Tout à mon oeuvre, son oeuvre, je devais m'exécuter. Maintenant qu'elle s'achève, il me laisse. Mon oeuvre fera son oeuvre. Comme le Juge Wargrave des *Dix Petits Nègres* d'Agatha Christie qui accepte la mort pour réaliser un crime parfait, je serai ma victime, François mon héros. Comme les grands artistes que leur oeuvre dévore, les mystiques que leur foi consume, je respecte le travail, me soumets à la Cause. Comme le cygne qui rend son dernier chant, le pélican son sang, je baisse les bras, cesse de lutter. Je laisse ma poitrine ouverte, le vent s'y engouffrer, la vie s'en échapper. Mais je ne crains pas, car mon coeur est lié au sien. On meurt seul. Mais si on est deux, si on brûle du même feu, on ne meurt pas, on vit au-delà de la vie. L'Amour est plus fort que la mort.

Être en surplomb des choses est plus confortable. A l'intérieur d'une plaie, on vit la douleur, on cherche à en ouvrir les lèvres. Et la voix du sang ne trompe pas. C'est par le sang qu'elles sont ouvertes et c'est par le sang qu'elles seront fermées. On scelle un témoignage par la mort. Il n'y a pas de plus grand amour que de donner sa vie pour ceux qu'on aime.

Je repousse encore l'idée de la mort comme l'éjaculation ...pour faire durer le plaisir. Mais je sais qu'un jour bientôt, je succomberai. Je plongerai dans l'orgasme. Ça ne peut être bien long. Mais ces secondes sont si chargées d'extase ...qu'elles compensent la durée. Et j'ai assez duré.

Le temps a changé beaucoup de choses dans ma vie, c'est-à-dire l'absence de temps. C'est par ces moments intenses de communion totale qu'on s'approche de l'éternité. Et quand on est assez mûr, on peut plonger. Le temps n'est pas essentiel à la vie. Quand on l'a épuisé, quand on l'a dépassé, on peut s'en passer. C'est déjà la survie.

Comme tout ce qui est matériel, le corps n'est qu'un moyen. C'est la mort qui nous mène à la vie et non l'inverse. La vie est une anesthésie générale. L'opération terminée, à la mort, on se réveille, on retrouve ses esprits.   Notre esprit. C'est là que la vérité éclate, que la réalité nous rejoint. Guéri! Socrate avait raison. La vie n'est qu'un sommeil, du vent, et la mort, la seule réalité. La mort rassure quand on l'apprivoise, détruit quand on la fuit. Vingt ans plus tôt, vingt ans plus tard, qu'est-ce que ça change? Socrate avait raison. Prendre sa mort à pleines mains, la regarder en face, la reconnaître et la nommer: FEUE MADAME LA MORT, ce n'est pas toi qui m'as choisi, c'est moi qui t'ai choisie. ...Et la boire.

Je crois que c'est le temps. 24 mars. Trois mois. Je reste seul au bord du calendrier, homme grisonnant, jonglant avec les jours qui tous lui échappent. A refuser. De tout mon être.

J'ai aimé: je refuse ce passé composé, car l'amour ne se conjuge pas au passé. Seulement la souffrance. Et le Verbe, lui ne semble se conjuger qu'au futur. Quant au présent, il est trop froid, trop seul, trop triste. Cet après-midi, j'ai refait mon pèlerinage au pied d'une vieille épinette calcinée. J'ai quêté une branche, elle a gardé le silence. Tu peux le garder ton silence, que je lui ai crié, j'en ai amplement. Nu-mains, nu-tête, je me sens les doigts gourds, les mains rouges. La tête voudrait éclater. Mais c'est peu douloureux: ce n'est plus à moi. Quelqu'un m'a-t-il volé mon corps? Et mon âme, que fait-elle ici?...

Ce soir encore, après le train, Guy viendra souper avec moi. Il est très gentil. Il s'occupe de plus en plus de choses que je n'ai pas demandées. Faut pas que j'oublie de le remercier. Si je lui demandais de sacrifier le coq à Asclépios, je pense qu'il ne comprendrait pas. Je prends encore quelques pilules, je soupe avec lui et après... je plonge. Je te reverrai François.

– Merci, Guy, pour tout ce que tu as fait pour moi et pour François. Nous t'avons bien aimé tous les deux. Même si on ne le disait pas.

– J'étais heureux moi aussi avec vous.

– Veux-tu, on va laver la vaisselle tout de suite. Je me sens si fatigué et j'ai si froid tout d'un coup. L'hiver est si dur, si long, ...et François si loin!

– Oui, pour moi aussi, c'est le plus dur hiver que je n'ai jamais passé.

– Laisse-moi te serrer dans mes bras avant de partir. Dans NOS bras: François est avec nous. Il te fait dire un gros merci.

– François va toujours rester avec nous autres.

– Me dirais-tu, Guy, qu'est-ce que François t'a dit en allant te voir, la veille de son départ?

– La même chose que toi, ce soir. Et il m'a serré dans ses bras.

Quelle chaleur dans mon coeur! Tous les deux les mêmes paroles, les mêmes gestes. Je serre les bras sur François. Mais il n'est pas encore là. Ça ne sera plus long, François.

– Guy, je t'embrasse encore.

– Bonne nuit, Michel. Je voudrais te dire avant de partir: toi et moi, on forme une bonne paire d'amis, n'est-ce pas?

– Ah! merci, Guy. Je t'aime bien, tu sais. Bonne nuit pour moi et pour lui. Tâche d'être heureux.

Ah! j'oubliais! Vite avant qu'il ne soit trop loin:

– Guy! Guy!... veux-tu demain tuer le coq?...

Encore un effort, plus fort: TUER LE COQ!!

...et tu le mangeras. Merci, ...Asclépios!

Maintenant, François, à nous deux! Mon coeur, soutiens-moi!

A ma mère

Maman, tu m'as mis au monde, merci pour ce risque. Je te rends ton monde (est-ce un service?). Ton intention fut louable, ma douleur insupportable. J'ai trébuché de son côté.

A ceux qui liront l'oeuvre de François

François m'habite. Ses yeux vous regardent. Ses lèvres vous parlent. Il vous remercie de l'accueillir et de l'aimer à votre tour. Lui, a guidé mes pas jusqu'à vous. Moi, je vous guide jusqu'à lui, et vous, ouvrez-lui votre coeur. Vous saurez ce qu'est un véritable ami. Et vous n'oublierez jamais le frisson qui nous parcourt quand il nous baigne de sa présence. Puissiez-vous tous connaître et aimer un Ami comme François!

Ce livre a coulé de moi en l'espace d'une saison. J'en ai pleuré chacune des pages. Comme un coup d'épingle, j'en ai souffert chaque ponctuation. L'épiderme sensible de mon écriture reste griffé, griffonné, déchiré. J'ai eu beau la peupler d'images, je reste seul. J'ai eu beau la soulever de sentiments, y couler mon coeur comme dans un moule, le ciment, je ... saisis les autres, non moi-même. J'aurai beau la fignoler, caresser, vingt fois la remettre sur le métier, je resterai nu, isolé. L'écriture ne libère pas mais déchire. Plus profondément. Elle aura eu ma peau. Mon coeur aussi. Je laisse cette écriture à la frange de mes jours comme une dénonciation, une plaie ouverte, une impossible guérison. Je m'évade à tire d'ailes.

Moi aussi, j'ai assez souffert. Si c'est ça la vie, non, merci! François ne pouvait être heureux sans moi. Il ne mourra pas sans moi. Serons-nous encore plus heureux, là-haut? Y aura-t-il quelque vieux puits? Une margelle? Y aura-t-il beaucoup d'eau?...

François

François, c'est ta vie que j'ai écrite, mais c'est ma main qui a tremblé, mes yeux qui ont pleuré, mon coeur qui a saigné. Parce que tu t'es retourné à l'envers de ma vie.

François, tu le sais, tout ce qui est à moi est à toi, même le «petit quelque chose» qui nous a séparés. Le seul «petit quelque chose» qui me reste aujourd'hui, c'est ma vie. La voilà. Je me pends à ton cou jusqu'à ce que Vie s'ensuive. Je n'en peux plus sans toi. Je retourne avec toi. Dans un moment, je me couche encore près de toi. Dans le lit, ma main à ton endroit. Ma vie à l'envers. Je tombe. Je prends ces pilules, je m'endors et je plonge. Dans tes bras. ...Voilà... Je marche un peu. Je revois les appartements, ...tiens, c'est ici que je t'ai senti, François, la première fois, après ta mort. Il ne faudra pas que j'oublie de venir voir Guy. ...Une bonne paire d'amis... Encore un peu... Le chien et le chat son rentrés. La lampe de la cuisine sera éteinte. Celle du dehors allumée: je ne mourrai pas à la noirceur comme François. Demain, pas de problème pour Guy. François, je sais que tu as souffert beaucoup avant de mourir. Je le regrette. Moi aussi, je souffre mais c'est de ton absence. Peut-être que toi aussi, tu as beaucoup souffert de la mienne pour te suicider.

Comme Antinoüs. L'amant de l'empereur Hadrien. «Si je n'ai pas le temps de l'écouter, je n'ai pas le temps de régner» (M. Yourcenar), disait l'empereur au sujet de son amant, je crois. Après le suicide d'Antinoüs. Il avait 18 ans. Lui aussi. ...Le reste!... François, j'ai été fidèle... comme Riki. J'ai fait ce que tu m'as demandé. J'ai écrit notre histoire au complet. Je laisserai sur ces feuillets empilés, deux vieux gobelets écaillés. Avec un peu d'eau. Pour nos deux mains réunies bientôt. Je me sens très... fatigué. Je vais me coucher... tirer le drap par dessus la tête. J'ai hâte, François! Je me sens de plus en plus étourdi. La tête me tourne... Je m'enfonce doucement.

Adieu.

Amis.

Ami...

ET LE PRINTEMPS?...

10

LA LUMIÈRE

Le soleil me caresse de toute sa fenêtre. Les oiseaux dessinent leurs arabesques en chantant. Les fleurs mijotent leurs couleurs. Les dernières bandelettes de la terre momifiée par l'hiver ont toutes disparu. Les rigoles ont dirigé gaîment leurs colonnes d'eau printannière vers les fossés souvent prêts à déborder. Quant à la décharge, ne pouvant toujours se contrôler, déborde tout autour, arrose, éclabousse au passage. En arrivant à la rivière, s'élance et bouscule ses flots qui se donnent, dans un bouillonnement de débâcle, avec la satisfaction d'un beau devoir accompli.

15 avril, mon retour à l'écriture. A la vie. GUY. Encore lui.

– C'est toi qui a coupé le squelette d'épinette calcinée?...

Guy et ses délicatesses... Et puis, je suis bien content qu'elle disparaisse!

Ce soir, comme toujours, Guy a soupé avec moi. Ses bons mots, ses demi-silences m'ont fait du bien. Pourquoi?... Pourtant, c'était comme d'habitude. Je me sens encouragé. On dirait qu'il m'aime. Guy, quel trésor! Il m'a tellement aidé! Toutes les fois que j'ai été perdu, il m'a retrouvé, sauvé. Avec coeur, chaleur, tendresse. Il a été plus qu'un voisin pour moi. Un copain. Pourquoi pas un ami?... Guy, mon printemps, tu es mon soleil, mon réveil. François t'aimait, m'aimait: il ne serait pas jaloux.

Aujourd'hui, François, je passe devant le lieu de ton départ. Je suis particulièrement ému. Je ralentis, je regarde; il me semble te voir t'échapper par le haut, dans l'échancrure du ciel. Il me semble que tu revis pour moi l'événement; je le revis avec toi.

Est-ce pour me préparer à la suite?... Rendu à la Pharmacie, je suis totalement bouleversé: jamais je ne t'ai vu aussi présent, aussi toi dans un autre! Un beau grand jeune homme de ton âge, sensuel amusé, costaud, extrêmement sexé – comme toi – travaille là. C'est toi!

C'est tout naturel de te voir là, placer des boîtes sur les tablettes, consciencieusement comme toujours. La surprise me paralyse. Je te dévore des yeux et du coeur, je t'admire et je t'aime. Je te demande un renseignement... et tu rapproches ta figure de la mienne, te penches vers moi, sur une seule jambe, appuies ta main ouverte sur l'avant de ta hanche gauche, ton pouce et ton index moulant encore plus ton beau gros sexe qu'ils frôlent et mettent érotiquement en évidence. Je pense défaillir. Le trouble que j'ai si souvent ressenti en ta présence m'envahit de nouveau. Beau, viril, sexé: c'est bien toi. Tu n'as pas changé, mon François! Ou bien, tu me l'envoies pour me faire goûter encore les plaisirs indicibles que j'ai vécus avec toi... Ce serait un clin d'oeil de l'esprit à la chair, de l'éternité au temps. Ce serait presque trop beau. Le coeur me fond dans les entrailles. Je reste bouleversé.

Après d'autres emplettes, je retourne le voir pour lui donner mon numéro de téléphone et l'inviter à m'appeler. Je tiens trop à vérifier mes intuitions. Il est trop sexé, provocant, pour ne pas être François. Mais je n'arrive qu'à lui dire des banalités.

Tu es trop bon, François, de te présenter à moi sous des traits aussi près des tiens! Aide-nous à communiquer davantage, ne serait-ce que pour partager notre secret.

Le lendemain, je retourne à la Pharmacie seulement pour m'entretenir avec lui. Je lui explique la situation, se dit heureux de tant ressembler à quelqu'un, veut savoir son nom au cas où il le connaîtrait. Il est surpris de voir que mon ami avait son âge.

— Est-ce que je pourrais te laisser mon numéro de téléphone: je voudrais seulement te parler un peu au sujet de mon ami?

— Je ne vous connais pas.

Très ému, le coeur déchiré:

— Ah!?... comme tu voudras. François est mort il y a quatre mois. Suicide. Aurevoir.

Et en effleurant son beau bras de mes doigts:

— Bonne chance!

Et je pars. Il m'ajoute avec chaleur:

— Aurevoir, Monsieur. Bonne journée!

Je tiens encore à la main mon numéro de téléphone que j'avais préparé auparavant. La mort dans l'âme, c'est comme si tu venais de mourir une deuxième fois. Il travaille là, à temps partiel. Il a des épaules d'athlète, des bras musclés sans doute, un merveilleux beau sexe proéminent et une magnifique figure d'homme, conscient de sa mâle beauté juvénile et de son magnétisme irrésistible. Il en profite. Il s'appelle Sylvain, est étudiant. Il a 18 ans. Moi, j'ai de la peine.

Plus l'épi est garni, plus il est chargé de l'or de sa richesse, plus son front se penche vers la terre, plus sa tige risque d'être brisée par le vent et de rester collée au sol de la première pluie. Je l'ai souvent soutenu, relevé, caressé. Mais un soir d'orage où pleuvaient tous les malheurs, un grand vent l'a soufflé. J'erre dans le champ dévasté. Je cherche quelques feuilles, quelques fruits. Un souvenir. Détruit l'amour d'une saison, le travail d'un été. Désolation, mort, désespoir. François, je n'accepterai donc jamais?...

J'irai sur ta tombe jouer avec la terre. Labourée, hersée, mûre pour la moisson; travaillée, remuée, prête à se donner. Des vignes y pousseront, jusqu'au ciel produiront. Beaucoup en mangeront sans le savoir mais moi, je saurai. Tes fruits, je les caresserai de mes lèvres attentives, je les roulerai sur ma langue assoiffée et je goûterai ta saveur au champ du souvenir.

Quand je me promène dans les prés, je pense toujours à toi. Toutes ces fleurs que j'ai cueillies en te priant, tous ces brins d'herbe à qui j'ai parlé de toi. Et surtout, les petits crapauds!...C'est comme si

176

je te voyais. Dans le chemin, imprévisibles, qui ne laissent personne indifférent, sans méchanceté aucune, mais toujours en avance d'une petite gaucherie. Est-ce pour cela qu'on s'est si bien et tout de suite compris?...

Quand on est fait pour aimer, on ne peut plus cesser ni d'aimer, ni d'exister. Quand on a aimé une fois, les poumons se sont remplis d'air, le cordon s'est cassé; et c'est l'envol. Aimer ne se comprend pas, aimer ne s'explique pas. Aimer se vit et ne meurt pas.

François, je te prends par la main vers le soir qui descend. Je te serre les doigts si fort que tu es devenu tout engourdi. La poulie du puits ne chante plus: l'eau est tirée. Toute la nature s'est donnée.

Dans la corbeille de sa jeunesse, il avait amassé tant de beaux fruits! Il les offrait. On pouvait les caresser du regard, s'enivrer de leur beauté, y communier. Il savait attiser la flamme par un sourire, un geste, un regard, nous chavirer par un frisson. Plus sensuel, plus irrésistible, ça ne se peut pas. Sa peau était de satin, sa figure transparente comme un ange. Un ton, un minaudement, à peine un étirement, un simple déplacement, le tout avec une subtilité...: il nous transformait en brasier.

Puis, s'il nous touchait à peine de la main, la plus simple des caresses: c'était une fureur dévastatrice. Je n'ai jamais vu quelqu'un qui avait autant le sens de la progression, qui utilisait les détails d'une façon aussi irrésistible.

Après la caresse qui se continuait inévitablement – je n'ai jamais vu personne lui résister –

c'était les baisers. Ils me rendaient complètement fou. Ses belles grosses lèvres charnues dans sa belle figure ronde d'ange libéré, puis sa langue si vivante: je comprenais tout de suite son délicieux langage dans toutes fibres de mon corps. Puis, son souffle de plus en plus oppressé, les mouvements lascifs de tout son corps contre mon corps, puis l'étreinte incontrôlable à pleine bouche, langue toute longueur, salive, soupirs, plaintes du plaisir, tout le corps vibrant, fièvre irrésistible, oubli du temps et de l'espace. Seul François comptait. Seul son plaisir complètement identifié au mien peuplait la terre. C'était l'euphorie totale, la commune-union de deux êtres qui ne pourraient plus se séparer. Sa langue infatigable m'emplissait la bouche. Toute la bouche. Elle me faisait ainsi l'amour à tout le corps qui dégustait son beau langage, exalté.

Depuis tous ces événements, je promène une façade polie, propre, un miroir pour les autres. Leur regard ne pénètre pas à l'intérieur. Il se bute sur le leur. J'ai un fond de tain qui leur retourne leur image. En campagne, il est toujours inquiétant de connaître quelqu'un sans connaître sa vie privée. Comment le contrôler? L'obliger à se conformer? Ou le confesser s'il ne vient pas à l'église?... Avec François, les gens savaient à quoi s'en tenir.

- Tiens, les tapettes qui passent.

Mais avec Guy... Le temps que j'étais en dépression nerveuse, c'était supportable; maintenant que ma santé s'améliore, il n'est pas question que ça recommence!

Seuls les Martel, mes voisins plus intimes,

savent. On s'invite à tour de rôle. On s'échange de multiples services. Quasiment comme si nos deux terres étaient en commun. Tous les dimanches midi, je dîne avec eux. Les plus jeunes gardent leurs préoccupations de jeunes: jouets, petites chicanes, travaux scolaires. Les plus vieux comprennent. Les parents sont extraordinaires pour moi. Simples, bons, ouverts. Ils ont une tendresse discrète comme si j'étais leur fils plus vieux qu'ils viennent de retrouver ou d'adopter. Un ami qui a vécu un grand chagrin.

Certains appelleraient cela du nom de vertus, y trouveraient des degrés. D'autres en feraient des péchés, avec des degrés aussi, des conséquences et des châtiments. Nous, on vivait. Et le pire pour eux, c'est qu'on était heureux.

– Quel mauvais exemple! qu'ils pensaient. D'autres vont vouloir faire pareil. Où s'en ira notre jeunesse si n'importe quel pédéraste...? Et la famille...?

C'est justement ce que m'a dit M. le Curé le jour de Pâques. C'était la première fois que je retournais à l'église depuis l'enterrement de François. La détresse me brûlait sur le banc, mais mon espérance sentait une présence à sa place. Il me semble pourtant... que je me disais. Je passais parfois discrètement ma main sur le banc. J'aurais juré qu'il était là. Après la messe, je n'ai pas bougé, revivant dans ce lieu d'espérance, les moments pénibles de la grande séparation. En sortant, plus spectre que vivant, plus robot qu'être humain, indifférent à mon entourage ainsi qu'aux regards discrets, aux chuchotements gênés, j'ai été abordé par M. le Curé.

– Vous avez toute notre sympathie dans les

grandes épreuves que vous traversez. Les voies de Dieu sont impénétrables, mon fils. C'était sa volonté, souvenez-vous-en.

Il me taponnait le bras affectueusement. Je le voyais, à l'occasion de ma peine, essayer de reprendre son pouvoir sur moi. Il continua:

– Il n'est pas bon que l'homme soit seul, je veux dire au sens de la Bible. Vous la connaissez bien d'ailleurs avec les études que vous avez faites.

– Je ne suis pas seul, M. le Curé. François, mon amant, je le garde toujours avec moi dans mon coeur. Et la famille Martel, des chrétiens comme il n'y en a pas beaucoup dans la paroisse, m'aide par tous les moyens. D'ailleurs, si je suis ici aujourd'hui, c'est grâce à eux.

– Vous voulez dire: grâce à Guy.

– Grâce à toute cette famille, en particulier aux parents, assez éducateurs, assez humains pour laisser Guy suivre le penchant de sa bonté, de sa générosité qui m'a sauvé la vie. S'ils avaient été des bornés, des bas de plafond comme beaucoup d'autres de la paroisse, je serais mort aujourd'hui.

– Je suis bien content qu'il vous ait sauvé la vie. Mais le travail trop régulier qu'il fait avec vous, –...et avec la réputation que vous avez... – suscite des inquiétudes.

– Ceux qui s'inquiètent, c'est parce qu'ils ne travaillent pas assez ou qu'ils n'ont pas assez travaillé à évoluer. Qu'ils s'inquiètent! Moi, j'étais professeur, donc connu. Je suis gai, je porte donc à controverse. J'accepte tout ça et je vais continuer à vivre avec tout ça. C'est le prix que j'ai à payer pour ma liberté; je suis prêt à le débourser et encore bien plus.

– C'est le mauvais exemple, le scandale.

Pensez aux autres.

– C'est parce que je pense aux autres aussi que je tiens à vivre ma vie. Nous sommes tous solidaires les uns des autres. Chacun se doit d'être lui-même: c'est son seul moyen d'évoluer. Se refuser soi-même d'évoluer, c'est empêcher les autres d'évoluer. Quelqu'un qui se refuse son identité peut sembler bien fonctionner, mais c'est comme un malaxeur en dehors du plat. Chacun doit faire ses expériences quand il en sent le besoin. Seul compte le respect de soi-même et des autres. Le refus d'évoluer, le refus d'expériences dont on a besoin, c'est manquer de respect de soi... et des autres. Même si c'est les autres qui veulent nous en empêcher. Nous sommes tous solidaires. C'est par grappes que l'on mûrit, évolue, atteint la perfection qui nous est destinée.

Quant au péché et au scandale, c'est de ne pas dire ce que l'on est, de vivre une autre vie que la sienne, de rêver seulement d'émotions que l'on se refuse. Le scandale, c'est de se refuser soi-même. «La gloire de Dieu, c'est l'homme épanoui», non pas ratatiné, refoulé, défiguré au nom du masochisme. Ou du machisme. Moi, j'existe, j'ai une émotion, une couleur à présenter dans le grand bouquet social et je les montrerai. Je ne resterai pas là, en dehors de la scène comme un témoignage inutile.

– L'église enseigne le respect de la famille, sa primauté. Vous l'attaquez à sa base même par votre orientation.

– La famille n'est pas la seule valeur dans la société. De plus, il y aura toujours et en nombre suffisant d'excellentes familles comme les Martel. Accueillantes, respectueuses, évoluées. Vaut mieux beaucoup moins de familles, mais mieux assorties. Vaut mieux beaucoup moins de gens qui se marient, mais en connaissance de cause et non par pression sociale.

– Vous êtes contre la famille?

– Je suis contre la famille-hypocrisie-sociale où les conjoints se détruisent parce que mal assortis. Et par voie de conséquences, détruisent leurs enfants et les poussent au suicide. Je suis pour la famille congrue, désirée, vécue, libre. On ne laisse pas l'arrivée des enfants au hasard de la nature. On ne laisse pas les familles se former au hasard des pressions sociales. On ne force pas l'union d'un homme et d'une femme uniquement pour cacher que l'un des deux est gai(e). Ou essayer de les changer. Ou pire, les punir de l'être. Il en est des mariages sociologiques comme des vocations religieuses sociologiques d'autrefois: la nature reprend son cours. Les gens se rendent compte, se libèrent. La nature finit toujours par sourdre quelque part. Au printemps, les rigoles dégèlent, l'eau jaillit de partout et suit sa pente. Il n'y a rien à faire, la nature finira par l'emporter. Que Pâques soit tôt ou tard. Et que les faces de carême continuent à faire jeûner leurs propres appétits et à mépriser les gens qui ont assez d'authenticité pour vivre les leurs. D'ailleurs, vivre avec soi-même n'est pas une mince affaire.

– La famille est une institution de Dieu.

– La famille est une institution des domaines politique, économique et religieux pour mieux contrôler les personnes. Comme le sédentarisme pour contrôler les coureurs de bois.

– Combien de gens vouent leur vie au service de leurs enfants et de la société!

– S'ils y trouvent leur bonheur, tant mieux. Est-ce une raison pour que tout le monde fasse comme eux? Il y a tellement de gens aussi qui fondent une famille par obligation, par devoir. Ils font l'amour par devoir aiment leurs enfants par devoir, leur conjoint par devoir, ...se plaignent de leurs devoirs...: c'est du misérabilisme débilitant. Ces couples-là ne vivent pas ensemble; ...ils pourrissent ensemble!

– Vous êtes une tête forte.

– Une tête libre.

– En tout cas, Monsieur Nolin, je ne veux pas vous empêcher de venir à l'église, mais vous constituez un très mauvais exemple dans notre paroisse.

– Après tout ce qu'ils m'ont fait, je m'en fous.

Machinalement, je venais de lui donner une chiquenaude qui l'expédiait aux confins de l'univers. Un court sifflement et je ne le voyais plus. J'ai secoué sur mon bras un peu de poussière cosmique et je suis rentré à la maison. Seul, mais sans morale étriquée. J'ai été saluer François dans toutes les pièces où nous avions vécu et fait l'amour.

– Nous sommes libres, François! Nous sommes libres!... Je l'ai laissé au village.

Sur un carton que j'ai exposé dans la cuisine, j'ai écrit en grosses lettres: François, «je t'embrasse partout où je ne t'ai pas encore embrassé. Je regarde partout où nous aurions pu diriger nos regards ensemble». François, je t'aime! (Yves Navarre, *Le Jardin d'Acclimatation*).

Mai. Douceurs, tendresses, souvenirs, soupirs.

A la nuit, un bel enfant aux cheveux d'or, vient jouer dans mes tiges de blé. Au matin, je le reconnais encore à la poussière d'étoiles, à sa douce odeur bien-aimée, mais déjà il est trop tard. Au bord du fossé, étendant les mains sur mon champ de blé, comme un appel à ta bonté, je te fais ma prière.

François
Dans l'air pur du matin
Je recueille mon âme
Pour goûter ta caresse
Et saisir ton message

Peut-être que le vent
A touché ton visage
Et je bois à grands traits
Ce baiser de chez toi
François

Maintenant que tu sais, étends ta main sur demain pour que l'aurore soit plus belle. François, je ne demande pas plus qu'une bouchée de pain à la porte de ton coeur, qu'une goutte de vin au cellier de ma vie où dorment mes souvenirs.

Je ne rêve pas plus que jongler ton regard, le sentir plonger dans le mien. Qu'il fouille mes secrets que jamais parole ne dira, qu'il me fasse honte si mon eau est troublée. Qu'il féconde mes amitiés.

Je ne rêve pas plus que caresses de ton blanc

visage à la dérobée. Qu'il se noie dans le feu de mes yeux, qu'il me soulève la peau et habite mon coeur, visage bien-aimé. Qu'il accueille mes profondeurs et ne se détourne pas de mes laideurs, poisons distillés aux cadavres de ma nuit.

Je ne demande pas plus qu'une bouchée de pain à la porte de ton coeur, qu'une goutte de vin au cellier de ma vie où dormiront mes souvenirs.

Parfois je pleure encore, mais une larme fait du bien pour féconder mon champ. J'ai tenu son regard dans mes mains, m'a coulé entre les doigts. Dix-huit fois dans ma vie a sonné son printemps. Dix-huit ans.

Si quelqu'un rencontre mon Petit Prince dans un jardin de roses, dans un champ de blé, au bord de la mer ou dans un désert, dites-lui que mon coeur le recherche autour de la terre, que mon âme soupire tout au long de sa nuit. ...Je l'attendrai à la margelle d'un vieux puits.

Ce 11 mai après-midi, je goûte encore le soleil à pleine fenêtre. Je me sens regaillardi. Il me semble que l'hiver soit fini. Mon hiver. Je reste frileux mais sauvé. Croyant, mais fragile. Je réfléchis.

Ce n'est pas la mort qui nous envahit, c'est la vie qui prend son envol. Comme le grand V d'un vol d'outardes qui transmigrent. Ainsi, elles ne meurent pas; elles fuient la mort en répondant à l'appel de la vie. Plus les ailes de notre petit V sur terre s'élargissent, moins elles donnent prise aux contingences et plus elles sont prêtes à s'envoler. François, intègre-toi au voilier d'outardes; même si tu n'es pas à la tête, donne au moins ton coup d'aile

... pour la vie, vers la vie. Et les canards domestiques que nous sommes, nous trépignerons d'impatience sur ton passage nous appelant à la vie. Nous battrons des ailes, nous courrons, nous crierons pour vous suivre. Même cloués au sol, prisonniers de la domestication, lourds de notre matérialité, tu auras réussi à nous émouvoir. C'est le plus important. Tu nous auras rappelé nos origines et notre fin. François, nous avons besoin de ton coup d'aile.

Je me pose encore toutes sortes de questions sur la vie, l'au-delà, François. Que reste-t-il de ma vie, François parti?... J'ai mal à la vie. J'ai mal à la foi. Le coeur me démange. Je n'ai d'autre foi que le cri de mon canard dans son parc, de l'autre côté du chemin, qui entend l'appel du voilier en route vers sa destinée. Il crie et bat des ailes, s'élance et court, s'élève et s'abat, perd des plumes et s'assomme sur la clôture. Puis recommence. Même le voilier rendu très loin, même quand on n'entend plus ses cris, le canard domestique s'agite, essaie encore de s'envoler, appelle au secours, crie sa détresse, aspire à la liberté.

Les cris du voilier sont trop appelants pour que je ne sois pas répondant. Je suis un petit canard domestiqué par l'Église, la société, la culture... les mythes aussi. Je me sens des fourmis dans les pattes, je me sens battre des ailes, je me sens des élans qui me soulèvent: je pars pour un envol ... et je me défigure sur la clôture. Comme c'est bas, mon horizon! Ça rejoint le *Comme c'est petit: je ne tiendrai jamais là-dedans!* d'une certaine petite chèvre de Monsieur Seguin.

Je retourne manger quelques cailloux, des herbes, un hanneton, quelques morceaux de guenille poussés par le vent. Je terminerai en repas pour un gros repu. Qu'ai-je d'autre que le cri des autres?... Alors, je m'accroche et j'y crois. Je crois dans un cri... Je continuerai à pratiquer mes ailes, peut-être que j'arriverai à passer. J'en parlerai à un goéland de mes amis.

Dès que je suis sorti pour ma petite marche de santé, Jonathan s'impatientait. Il a pris son envol, dessiné plusieurs belles courbes, accéléré dangereusement, évité de justesse le gros orme tranquille. Puis m'est revenu. S'est approché, essoufflé, mais heureux.

— J'avais besoin d'un peu d'exercice... depuis le temps que je t'attendais.

— Mais tu es bien rapide! C'est seulement cet après-midi que je t'ai appelé.

— J'ai perfectionné ma technique, je vais maintenant à la vitesse de la pensée. De l'autre côté du rocher, tu sais...

— Je devine un peu. Quand je t'ai appelé, c'était pour te parler de ma difficulté à vivre. Tout est si étroit, si bas depuis le départ de François. François, tu sais?... Tu as dû le rencontrer!...

— Bien sûr. Il ne parle que de toi là-haut. Il veut toujours revenir ici pour te voir, communiquer avec toi. Tu imagines bien qu'il a reçu une bonne leçon et que son devoir est à recommencer.

— Il doit être très heureux maintenant. Sa mort fut plus douce que sa vie.

— Il est très heureux, mais il a beaucoup de choses à apprendre. A réapprendre.

— A réapprendre parce qu'il s'est suicidé?

— Le suicide est la pire erreur de toutes celles que nous pouvons faire ici-bas. Quand tu as pris cent ans, cinq cents ans à travailler, aider, étudier, réfléchir, à te préparer à revenir sur terre; quand tu as enfin trouvé un corps dans un temps, un lieu, une époque, avec une destinée qui correspond à tes besoins, à tes perfectionnements nécessaires pour ton cheminement, puis voilà qu'à quinze ans, vingt ans, tu te suicides... parce que c'est trop dur...: quel gâchis! Quel désastre!...

    – Moi, ça me fait de la peine. Je ne comprends pas et je ne juge pas. Je respecte. François était mon ami et il reste mon ami. Je l'ai beaucoup aimé, mais à un moment donné, je l'ai échappé. Aussi, j'ai failli aller le rejoindre ...volontairement. Je reconnais maintenant m'être trop culpabilisé.

    – François m'en a parlé. Et maintenant?...

    – J'ai bien réfléchi depuis un mois... et je t'ai appelé. C'est François qui me manque, la force, la foi, ...la vie. La force de vivre sereinement mon être gai. La foi en qui? La vie pour qui? Je porte sur la vie le même jugement que François. Et ce n'est pas joli. Les adultes de notre clan à nous se sentent perdus devant une tempête de neige qui leur accorde une journée de congé, une autre orientation sexuelle qui enrichit leurs fantasmes, une pensée divergente qui leur procure un petit chatouillement intellectuel. Ils ne pensent tout de suite qu'au pré-établi qui sera dérangé, qu'au péché rituel contre le Dieu Conformisme, qu'au crime de lèse-majesté contre les vaches sacrées. Les choses sont changées de place, le Tout-Prévu est court-circuité: ils sont acculés à l'imprévu, à leur créativité personnelle, condamnés à la poésie. Ils peuvent bien être perdus, exaspérés!... Ils se demandent quel module du Système a bien pu flancher pour une telle dérogation à la liturgie de la

Planification. Comme tous bons conditionnés, ils se demandent ce qu'ils pourraient bien faire pour réparer l'erreur, punir les coupables et tout remettre à l'Ordre immuable du temps au plus tôt. Ils font leur examen de Science puis vont se confesser. Pensez donc: le bonheur, la liberté, la poésie: quels blasphèmes! ...J'ai commis un péché rituel, j'ai été en contact avec un impur: un homme qui fait l'amour avec un autre homme. J'ai perdu toute une journée parce que sans patron pour me commander...

— Savent-ils que le Petit Prince, le Dyonisiaque! a assisté volontairement, avec pleine et entière connaissance de cause, à quarante-trois couchers de soleil en vingt-quatre heures!... Et dire qu'il l'a même avoué! Ça ne devrait pas rester en liberté, ces êtres-là. Il faudrait une bonne réserve de petits serpents jaunes, ironisa Jonathan.

— Mieux, que je me suis empressé d'ajouter, on devrait les forcer à la psychiatrie compulsive. Encore mieux, à la chimiothérapie. Le meilleur: on coupe les organes sexuels, on coupe les couchers de soleil et on torture les poètes. Il faut un peu d'Ordre dans la société... Il n'y aura pas de tapettes dans la famille!... Comme mon François... qu'on a forcé à se révolter.

— La révolte de ton François comme toute révolte n'est pas une fonction sociale comme une autre. Elle est plus vitale, existentielle. Et si la société conformiste étouffe la révolte qui libère, récupère le cri qui a besoin d'air, refoule dans la gorge le souffle qui lutte contre l'asphyxie, jamais la société ne saura faire taire le silence.

— ... le silence d'un enfant malheureux pendu à un arbre isolé.

– Et le conformisme est pauvre en charge métaphorique. Une fois libéré de sa prose, il est complètement vidé de lui-même: il reste inerte et sans signification. Qu'on l'interroge, il reste coi. C'est un squelette desséché et desséchant qui ne recèle aucun secret, ne suggère aucun rêve, n'inspire aucune gratuité. Le conformisme vernit la surface, mais n'empêche pas la révolte de gronder en profondeur.

J'ai approuvé Jonathan et j'ai ajouté:

– Si nous sommes au siècle de la communication entre les nations, les planètes, c'est en même temps celui de l'incommunicabilité entre les individus, les coeurs. Le siècle de la vitesse n'a pas inventé la sagesse; l'électronique, la tendresse...Ni le bonheur d'un enfant malheureux... Je n'arrive pas à pardonner!

– Tu peux le rejoindre, ton François. Sors de ton corps. Tu expérimenteras des vitesses folles, tu connaîtras des lumières merveilleuses. L'Amour avec François.

– Mais comment? Je n'ai pas d'ailes.

– Ton esprit en a des ailes. Ferme les yeux, ouvre ton coeur. Concentre-toi et tu verras. Ton esprit rejoindra François et vous serez encore très heureux.

– Je me demande...

– Pourquoi pas? C'est quand j'ai commencé à voler plus haut, plus vite, plus loin que j'ai appris la liberté, et mes possibilités. C'est quand j'ai fui le clan et le poisson pourri sur la grève que j'ai renforci mes ailes, connu la griserie des hauteurs et la paix de la libération. Echappe au clan et aux idées toutes faites. Libère-toi! Sors du placard. Les seules vraies barrières sont intérieures. Elles ne sont pas imposées par les autres, mais érigées par notre peur de l'effort, de l'inconnu... de la liberté. N'attends pas qu'on t'offre la liberté. Elle ne s'offre pas la liberté, ne se demande pas: elle se prend. On peut se faire offrir des libertés, jamais LA liberté. Prends-là! N'attends pas qu'on te définisse ta liberté, elle ne se définit pas, ne se prouve pas; elle se prend en volant. Regarde bien ça.

Jonathan a découpé le ciel en grandes tranches d'une spirale gracieuse ascendante jusqu'à perte de vue. Puis, dans un sifflement, je l'ai vu descendre en piqué. J'étais sûr qu'il s'écraserait au sol. Mais à la dernière seconde du possible, peu à peu, relevant la tête, étendant ses ailes, le ressort de son effort a rouvert l'étau mortel. Ebouriffé, très douloureux de toutes ses charnières, il est venu se poser sur un piquet tout près de moi. Je me suis assis sur la levée du fossé. Il a replacé quelques plumes et m'a regardé de son oeil rond demandant:

– Qu'est-ce que t'en penses?

– Ne prends pas de tels risques seulement pour m'impressionner.

– C'était pour me défouler. Seulement qu'à reparler de clans, de vieilles soumissions établies en dogmes sclérosés, de vieilles divinités inventées par les hommes pour asseoir leur pouvoir, ça me rappelle mes luttes de libération: la rage me soulève... et s'abat en piqué.

– Ouf!... Maintenant que c'est passé, je te dirai encore que notre clan refuse qu'on se donne la main, se rencontre. On peut se frôler, mais pas se caresser; se voir, mais pas se regarder. Parce qu'on est des hommes. Comme les clowns, il nous oblige à nous écraser l'un sur l'autre, à nous rater, à tomber dans le vide. Il nous accule au ridicule. Ça le fait rigoler.

– Tous les clans refusent la différence, car la différence est un jugement porté sur le conformisme. Les faibles refusent toujours d'être confrontés. Les faibles refusent de se renforcir, le conformisme de s'enrichir. Le conformisme rejette ce qu'il ne comprend pas, ce qui le dépasse, pour se sécuriser. Il a peur de la différence parce que c'est une condamnation de son statu quo, une attaque à sa facilité, fruit de sa sécurité. La différence ouvre des horizons au-delà même des avant-postes. La différence appelle et enrichit. La différence empêche de s'incruster et d'être dominé par les habitudes érigées en snobisme, par la faiblesse érigée en pouvoir. La différence pousse plus loin et en profondeur parce qu'elle désinstalle. Sa constante interrogation choque les esprits paresseux, panique les faibles et révolte au plus haut point ceux pour qui elle est une constante accusation. La différence leur fait perdre pied au gué de leurs habitudes.

– François avait droit à sa différence, à l'égalité des chances, à un minimum de conditions de vie économique et affective. Il avait droit à un minimum d'amour de la vie: on lui a tout enlevé. Sans minimum, à quoi s'accroche-t-on à 18 ans? Surtout à qui? L'espérance?... Quand elle est une somme des espoirs bouleversés et bouleversants, l'espérance devient coquille vide. L'avenir?... Quand il ne prend pas racine dans un passé un peu récent, l'avenir asphyxie le présent. Il ne reste plus qu'à accepter le non sens, vivre aliéné... ou mourir lucide.

– Il ne suffit pas de tel ou tel espoir, il faut la volonté de l'espérance, insista Jonathan.

– L'espérance est la force des faibles. Des malheureux que la foi a trahis. On se sent, se rejoint, s'agglutine. On se tient pas les trous de nos misères, dirait Félix Leclerc, un autre jeune qui combat les frontières: tu dois le connaître?... Quand on s'acharne à espérer, c'est qu'il n'y a plus rien d'autre.

– Moi, je crois à l'espérance. Je crois à toute cette vie qui grouille, fourmille au-delà de cette pellicule qui la cache. Au-delà du temps qui nous englue et maintient dans cette matière lourde et aveuglante. La mort aspire le temps, cette espèce de pellicule diffuse répandue partout à l'intérieur des choses et qui fausse la réalité. Une fois l'espace libéré, il ne reste plus que la lumière. Avec le temps, tout est relatif; dans la lumière tout est absolu. Dans le temps, tout n'est qu'apparence, extériorité, bégaiement des yeux et du coeur. Dans la lumière, tout est perçu de l'intérieur, senti, exprimé clairement.

– Le temps détériore tout: les êtres et les choses. Mais lui, le temps, se détériore-t-il? Le temps est-il incorruptible, immortel? Sans temps... cent ans...

– Il faut pagayer le temps, l'utiliser pour filer vers la lumière, me répond Jonathan. Notre purgatoire ici-bas est très long, si court soit-il. Surtout la veille d'un lendemain. Le lendemain de la nuit est tellement plus exaltant. A ce moment, on n'aspire plus, on est.

– Et la durée, que prouve-t-elle? L'entêtement ou la fidélité? L'inconscience ou le hasard? Vaut-il la peine de durer? Vingt ans plus tôt, vingt ans plus tard...

– La durée, c'est la profondeur, affirma Jonathan. C'est au fond que se passe l'essentiel, c'est endessous que l'eau reste calme... C'est là que se creuse la profondeur. Au-dessus, ce n'est que surface habituellement agitée. Dans le temps, nous sommes condamnés à cette surface. La profondeur nous est étrangère comme le vide et le silence. Il faut tant d'efforts et de dangers pour y descendre et pour en revenir. Nos organes semblent se déchirer, mais sans nous délivrer. Notre souffle nous étouffe, mais sans aspirer le temps.

– Nous restons derrière ces barreaux, cette porte sans clé de la vie. Nous désirons l'au-delà des murs, des barbelés, de la portée des fusils. L'espérance de la mort est l'ambroisie de la vie, que je commente, en connaissance de cause.

– Le temps, c'est une épaisseur, une lourdeur qui nous empêche de nous glisser entre deux dimensions pour couler dans la liberté.

– Nous restons au fond du puits, entourés d'un mur de pierres humides, à la surface d'une eau souvent corrompue, esclave d'une corde qui nous monte et descend au gré d'un seau. La poulie grince et nous voilà suspendus, marionnettes ridicules, agitées des tics nerveux d'un espoir qui n'aboutit pas. Que demain n'arrive-t-il donc!...

– Demain est à la porte, me rappela Jonathan. Une serrure t'en sépare. Forge ton instrument toi-même: tu es ta propre clé. Pratique-là. Quand tu pourras passer par la serrure, tu seras délivré. Abandonne tout ce qui traîne, t'abat, t'écrase vers le bas. Donne du lest,... jusqu'au lest de la mort. Quant tu seras assez dépouillé, tu passeras par le trou de la serrure, tu seras libéré.Tu sauteras la clôture. Tu seras comme François. Ne garde que l'essentiel. C'est une question d'esprit, de pratique, d'habitude. Rentre au-dedans de toi. Prends l'habitude de toi-même, du fond de toi-même. Aie le goût de toi-même. Non des modes passagères, superficielles qui fuient l'essentiel. Ne t'occupe pas du Curé, du Président, du Conformisme. Chacun fait ce qu'il peut, non pas toujours ce qu'il doit. Seul le réfugié à l'intérieur sait et fait ce qu'il veut. Tu voyageras en des pays merveilleux, tu boiras des lumières inédites, tu seras la vie. Tu seras prêt à dépasser la serrure. Sans transition, tu seras déjà de l'au-delà. Dans la liberté retrouvée. Tu pourras à ton tour découper le ciel par tranches, avaler l'infini, aimer tes amis. Ils ne s'échapperont plus par le puits de lumière, car tu seras avec eux dans la lumière. Et quelle chaleur! Tu verras!... Rentre à l'intérieur, ferme les yeux et tu verras. Un univers merveilleux. L'essentiel est à ce prix.

Il était si convaincant!... Jonathan, délicatement, s'est accroché à l'aile du vent, a dessiné quelques figures pénétrées d'élégance et de beauté. Parce que la beauté est nécessaire à l'essentiel; ou comme support à ma réflexion peut-être; ou pour ne pas me laisser trop seul avec moi-même, comme François l'avait fait. Puis, très lentement m'a rejoint.

— Jonathan, je t'assure qu'on ne vit pas dans une société qui encourage l'exploration intérieure. Le manque de présence à soi-même systématique fait se promener des ensembles vides, des espaces fantomatiques. Des masques se rencontrent, des façades se saluent, des surfaces s'évitent, des épidermes se caressent. On regarde derrière le masque, il n'y a même pas de couleur: c'est terne et vide à donner le vertige. On regarde le dessin, il semble profond: ce n'est que jeux de perspectives. Visages à deux faces, décors ambulants. Ce n'est qu'un maquillage, qu'une poudre d'artifices jetée aux yeux.

– Michel, malgré le courant, le remous, nous devons rentrer en nous-mêmes pour découvrir notre sens, le sens de notre verticalité. Il semble que seule l'horizontalité ait droit de passage actuellement. Un point se déplace, une ligne s'étire, un homme s'enlise. Une abscisse sans ordonnée est un gaspillage de direction. C'est un désordre d'énergie, une vie qui s'évapore. Une abscisse qui refuse l'ordonnée ne peut recevoir aucun sens, ne peut aspirer ni à la hauteur, ni à la profondeur. Ce n'est qu'une direction: ça n'a pas de sens. La direction est matérielle, elle ne relève que des forces brutes de la nature. Un voilier d'outardes a la même direction pour tout le monde, mais pas le même sens: pour le chasseur et ton petit canard, par exemple; non, pas le même sens! Un météorite révèle une direction, mais ne recèle pas de sens. Sa direction lui est donnée de l'extérieur. Sa direction est enfantée par l'accouplement de plusieurs lois de la nature. Le météorite épuisera sa direction, mais ne laissera rien dans son sillage. Il aura creusé un tunnel dans le ciel, le tunnel des fous. Il terminera son voyage en se butant sur un hasard, un hasard aussi fou que le tunnel creusé. Il se sera sali. Il sera sale de la poussiè-re du temps. Ce sont les superficiels qui ne sont attirés que par les seules surfaces. Les autres aspirent à la profondeur. Toi, à quoi aspires-tu?

– Ah! Jonathan! Moi, j'aspire au bonheur. Un beau petit bonheur simple, tranquille, libre. Quand, pour être heureux, il faut déclarer la Guerre de Cent Ans, ça prend beaucoup de munitions mentales. Quand, pour être heureux, il faut organiser une croisade, le bonheur laisse un arrière-goût de vieille Jérusalem dévastée. Puis s'y élève toujours quelque part un quelconque mur des lamentations. J'aspire aussi à la liberté qui me ramènera vers François. Pour toujours... Et s'il le faut, tu le sais que je n'ai pas peur de la mort.

– Eh bien! Michel, pratique ton vol. Élève-toi au-dessus de la cohue, du clan, du poisson pourri. Tes ailes te feront mal, mais l'air sera plus pur. Tu pleureras sous la poussée du vent, mais la lumière que tu verras!... La solitude t'atteindra, – à ces hauteurs, on est très souvent seul – mais là, François t'attendra.

– Je suis prêt à tout essayer, que je lui réponds dans un grand élan d'enthousiasme.

– Ferme tes yeux et ouvre ton coeur. Ton troisième oeil. Au milieu de ton front. Laisse-toi sortir de ton corps. Suis-moi...

J'étais déjà rendu très, très haut, emporté par un Souffle. La terre était si loin, le clan si relatif. Jonathan voletait tout autour de moi, heureux de m'avoir prouvé sa théorie.

– Jonathan!... que je crie, encore plus heureux que lui.

– Michel!... me répond-il, François est avec nous. Il est fier de toi. Souviens-toi, quand vous alliez dans les étoiles, dans la Mer de Tranquillité...

A cette pensée, mon coeur est devenu tout excité. Mon esprit tout léger. Ma tête, un doux vertige. J'ai été propulsé dans des lumières incandescentes à l'autre bout de l'univers. Dans un ouragan de couleurs, une tempête de soleil.

... Sans temps, sans espace, car tout est partout et partout est ici. Je suis ici et je pars ailleurs comme une pensée. Je suis ailleurs et j'arrive chez toi, François. Ta maison est comme un immense

197

champignon de toutes les couleurs, une multitude de fenêtres, lucarnes fleuries et une grande ouverture sans porte, irrésistible invitation. Tout est pur, clair, parfumé. Aucune cachette, faux-fuyant, aucune possibilité de tromper. ...Tout est sereinement transparent.

Tu es recueilli pour mieux me recevoir, mais je suis déjà là. Ou ici. Pourquoi pas ailleurs? Nous sommes, c'est tout ce qui compte. Nos mains et bras se recontrent, se touchent et se caressent sans rien sentir sensuellement. Seule notre chaleur indi-viduelle se transmet et nous enflamme en se con-juguant. Au niveau du coeur et du cerveau, un feu violent et très doux nous embrase et nous fait nous sentir en totale communion. Nous ne formons plus qu'un. Tout autour de nous, des explosions de lumière irisée se projettent follement partout comme protubérances solaires, geysers de couleurs. Nous nous aimons comme nous ne le croyions pas possible. La sensation de bien-être et bonheur abso-lus, malgré l'intensité, ne force rien, n'étouffe rien.

On ne se parle pas, on ne s'écoute pas: on se comprend. On ne se caresse pas: on se fond sans se consumer. Buisson ardent. On ne se pardonne rien, car l'épaisseur du temps n'a rien sali, détérioré. On ne s'échange pas de serments éternels, car nous sommes de l'éternité. Nous ne souffrons pas d'une séparation, car le temps d'avant ou d'après n'existe pas. Nous sommes.

Quand nous devrons partir pour des directions différentes, c'est dans la joie parce que pour des raisons supérieures. Lui, pour rejoindre d'autres âmes, les aider, les éclairer. Ou pour appro-fondir la Vérité. Moi, pour revenir dans mon mirage laissé quelque part dans le temps et le froid. Qui me délivrera de ce corps...

Mais je ne suis pas triste. Même si je suis revenu, je sais que tu es là, ici ou ailleurs. Je sens que nous sommes. Un battement d'ailes et je sais que tu joues dans ma main tendue, la caresses, y imprègnes ton parfum. Quand je la retire pour la placer sur ma poitrine, elle est déjà toute pleine de consolations comme une corbeille remplie des fruits de l'automne. Je verse ta moisson dans mon coeur qui s'en nourrit pendant tes devoirs ou mes distractions. Toujours quand même, je sais que tu est là. Je te vois avec les yeux du coeur, mes yeux pour l'invisible. Voilà ce qui te rend si présent, tellement plus tangible qu'une coquille remuante, une image vacillante, un corps incertain.

François, mon amour éternel.

Cette petite mort est si douce! Qu'en sera-t-il de la grande mort en bleu, si accueillante, libérante, peuplée de retrouvailles, lieux, amis?... J'ai une impatience d'éternité. J'aspire à traverser l'écran pour tomber au plus tôt dans la Réalité.

Peu à peu, j'ai réintégré mon coeur sur le bord du fossé et Jonathan est venu se poser. Nous sentions l'espace, nous respirions plus haut. La lumière s'était faite chair: il me semble que je rayonnais sur tout l'univers. Détendus, heureux, complètement reposés, nous sommes rentrés tous les trois. J'essayais de deviner François, où il était par rapport à moi. Je savais qu'il était là, je l'avais vu. Il se cachait quelque part, et moi, je le cherchais. Vu qu'il aimait jouer, l'espiègle, et que moi je l'aimais: nous avons joué. Je sentais son sourire partout sur ma peau. Mon coeur était tout chaud. Rendus au puits, en face la maison, nous avons bu comme François aimait.

– Au revoir, les amants!

– Au revoir, Jonathan. Et MERCI!

J'ai essayé de deviner où était François, puis en riant, je lui ai lancé mon plein gobelet d'eau fraîche. Il a bien ri lui aussi et s'est jeté à mon cou. Je sentais sa présence partout sur mon corps, mais surtout à mon coeur et à mon âme. Quelle sensation! Profonde. Inexprimable. Nous sommes rentrés et j'ai écrit une chanson: Pour deux amants et un goéland.

La mélodie qui m'habite
est une maison d'oiseaux
Elle chante à son rythme
Au long du chemin creux
Je vais où elle m'invite
Viendrais-tu avec moi

Je vis dans la cage d'un violon
Ça sent bon le pain, le cèdre et la musique
Je suis hanté par des accords
d'une symphonie fantastique
Habité par une mélodie que mon coeur chante aussi
Mon âme s'y est mise d'accord
Et pour la portée, mon corps s'est offert
Elle résonne sur mes os
et frissonne dans ma chair.

La mélodie qui m'habite
est une maison d'oiseaux

Elle chante à son rythme
Au long du chemin creux
Je vais où elle m'invite
François, viens avec moi!

Qu'en penses-tu, François?... François, n'attends pas qu'on s'invite: il faut que tu sois là! Reste avec moi. J'aurai toujours besoin de toi.

Ce qu'il me faut, c'est de ton enthousiasme
quand dans mes yeux mon Dieu s'éteint
C'est de ton feu
quand dans mon coeur il fera vieux
C'est de ton pain
quand dans mon corps il fera faim
C'est de ta flamme
quand dans mon âme il fera froid
C'est de ta lumière
quand dans ma vie il fera noir

Ce qu'il me faut, c'est ton paysage intérieur
qui soulève mes pas au chemin du quotidien
C'est ton halètement
qui scande mon effort voguant près du tien
C'est ta lente digestion des heures de repos
quand le rythme de mon corps s'éteint
C'est qu'un battement de ton coeur
palpite au bout de tes doigts
quand tu frappes à ma porte
C'est que tu sois là
quand je ne sais plus où j'en suis

C'est le silence qu'il me faut

pour t'écouter quand tu viendras
C'est un espace que j'enfante
pour te border quand tu seras là
C'est un jardin près de ma maison
pour me sortir de moi-même
C'est le calme soupirant d'un azur étoilé
qui détend les replis de mes regrets
C'est les fleurs du temps qui embaument nos silences
où tu étales tes secrets

Maintenant il ne manque plus que toi
Seras-tu là quand j'ouvrirai la porte
En sortant, je rencontrerai ta présence
 mais je ne la verrai pas
Je me rendrai jusqu'à la fontaine en sifflant
En sifflant je penserai à toi
Sans paroles nous nous serons dit les plus beaux secrets
 J'aurai apporté ton eau et mon eau sera sur ton épaule
Mon fardeau sera le tien et ton fardeau sera le mien
Y aura-t-il au monde gens plus heureux que nous
Je te demande, regard qui me contemple
Je me le demande, coeur qui me coule des mains.

En chemin la fleur qui me sourira
 pourra-t-elle cacher son émotion
Elle saura que ton âme habite ses parfums
Elle saura que mon coeur butine sur son coeur
Elle saura que ma joie fécondée sur sa tige
 fleurira ses bonheurs, embaumera mon destin.

Je te dirai peut-être un petit rien qui te fera sourire
Je le devinerai bien si je me sens pousser des ailes

Peut-être me répondras-tu... pour me taquiner
Je rirai un bon coup parce que tu es espiègle
Puis je resterai longtemps, longtemps dans le jardin
Je ne rentrerai pas. Je veux que tu me voies
Chacun de mes mouvements tu les avaleras
Tu resteras là caché dans la tendresse du gazon
  piqué au coeur de l'oeillet
  perché sur la feuille de l'arbre vigoureux
  dilué dans la fraîcheur de la brise
  dégringolant les trilles de l'oiseau
Toujours je saurai que tu es là
Sans me retourner, gratuitement, je te sourirai
  parce que tu seras là
Et tu me souriras parce que tu seras là
  même si je ne te vois pas

Et si jamais je trouve un des tes sourires
De ces sourires sonores qui peuplent le ciel
Je le prendrai dans mes mains
Je le caresserai le plus doucement possible
Puis je le déposerai sur le sol
Je me coucherai à côté, sur le dos, le regarderai
Je ne lui parlerai pas
  retenant mon souffle pour ne pas l'effrayer
Puis je le reprendrai s'il n'a pas trop peur
Je le caresserai mais pas trop fort
Et je mettrai tout mon amour dans mes mains
Pour qu'il sente le rythme de mon coeur
  pour qu'il sente que je l'aime parce que je t'aime
  et que c'est toi que j'aime en lui

Puis je continuerai à bien entretenir le jardin
  les mauvaises herbes à couper
  le bois mort à brûler
  les allées à défendre

puis toutes ces fleurs à entretenir...
Je te dirai bonjour de temps en temps
Je te souhaiterai bon appétit
Je m'informerai de ta sieste après dîner
 et de ton travail après-midi
Puis quand il se fera tard je rentrerai
Je te dirai bonsoir comme ça
On ne saura pas mais c'est à toi que je parlerai
Toi tu le sauras
Je rentrerai sans barrer la porte derrière moi
Je ne ferai pas de bruit pour ne pas t'effrayer
Je monterai l'escalier sur la pointe des pieds
Et dans ma chambre, sentirai ta présence
Je sais qu'avec moi tu verras descendre la nuit
Je sais que ma lampe éteinte tu t'assiéras à ma
                                        [fenêtre]
 pour veiller sur mon repos
Je sais que mon corps endormi tu cueilleras mon
                                        [âme]
 pour aller butiner les étoiles
Par la fenêtre nous nous envolerons
 et j'aurai l'impression de rêver ma vie
Loin des regards indiscrets, main dans la main
 nous gambaderons sur les routes de l'éternité
Je ne m'ennuierai jamais avec toi
Je serai toujours heureux près de toi
Je t'aimerai toujours plus à chaque seconde
                                        [d'éternité]
parce que je serai avec toi et que tu seras avec moi
parce que tu m'aimes encore plus que je ne l'avais
                                        [compris]
avant cette seconde immortelle

Nous serons heureux comme personne encore ne
                                        [fut heureux]

Oui nous serons heureux

...

Dis, es-tu toujours là... Oui...
Alors ne faisons pas de bruit
J'ai peur d'effrayer mon bonheur
Chut...
Bonsoir
Dis, es-tu toujours là...

...

Oui.

Au lendemain d'un tel voyage, je me sens complètement remis. Euphorie. Mon arthrite moral, mon anémie spirituelle en ont pris pour leur rhume. Ah! ce que le Soleil peut faire! J'irais n'importe où avec François sur les ailes de Jonathan. Leurs petites douceurs m'ont fait du bien et je crois maintenant à la présence de François sur tous mes chemins. Je crois.

Les cloches sonnent à toute volée. C'est un joyeux carillon dans mon coeur. Elles annoncent sa liberté retrouvée. Il joue maintenant avec l'espace et le temps comme un jouet nouveau. Il étrenne des sensations nouvelles, des vitesses inconnues, des qualités de présence encore insoupçonnées. Il baigne dans des lumières éblouissantes qui ne blessent pas. Il s'émerveille sur des plages de rêves, inaccessibles pour nous. Il condescent à nos inquiétudes, nos sentiments aveugles. Il nous enveloppe de sa présence, nous réchauffe de son inspiration comme un regard chaleureux et profond.

Maintenant, il joue dans la nature et dans nos vies comme si de rien n'était. Il caresse notre esprit en passant, habite nos rêves, inspire notre quotidien. Il nous aide à donner profondeur à notre réalité, lumière à notre esprit, chaleur à notre coeur. Maintenant, François est plus près de nous qu'il ne l'a jamais été. Seule une dimension nous sépare. Qu'il nous ait quittés, nous ne pouvons pas comprendre. Lui, dans son monde le sait. Faisons-lui confiance.

François était notre ami et il a choisi une meilleure vie. Que sa volonté soit faite. A bientôt, François!

Lettre à Alain

14 mai
(Jeune frère de François, 11 ans, que j'ai vu au Salon, désemparé, souffrant comme il n'est pas possible à un enfant).

Alain, tu sais, je l'aimais beaucoup moi aussi ton frère. C'était mon ami.

Nous faisions de longues randonnées ensemble dans les bois, dans les blés, sur les quais, au bord de la mer. Il ne disait presque jamais rien. Il était incapable de dire ses sentiments. Il fallait les deviner. Un regard, une pression de la main, une chaleur irradiante qui nous enveloppait quand nous étions ensemble, tout cela et rien de plus. Quel bien-être, quelle profondeur, quelle satisfac-

tion totale nous réchauffait le coeur!

Puis, en revenant d'un long voyage — tu as su que j'étais parti ?... — je me promenais dans notre vallée en pensant à François. Tout à coup, il est apparu à côté de moi. Oui, Alain, je l'ai vu! Il était encore plus beau et si heureux!... Il n'était plus que lumière. Il rayonnait de chaleur, d'affection, de joie profonde. Puis, il a disparu. J'ai regardé partout et je l'ai revu plus loin: il flottait dans le grand champ voisin. Il regardait les fleurs, passait au travers des arbres, revenait vers moi, puis s'éloignait à nouveau. C'était comme une grande danse, un ballet fantastique.

Tout à coup, il s'est arrêté. Au-dessus d'une petite fleur. Une toute petite fleur. Toute simple, toute humble, cachée parmi tant d'autres fleurs et de grandes herbes inutiles. Bleue, parfumée, délicate et satinée, il la regardait avec grande attention. Je dirais, avec amour. Je me suis approché: c'était toi, la fleur! Là, il ne bougeait plus. Sa lumière semblait encore plus douce, sa présence plus rayonnante. Il s'est approché, ses lèvres se sont posées sur toi: tu as été transfiguré.

On voyait au-travers de tes pétales, tu lançais des rayons partout, tous les alentours avaient disparu. Tu brillais autant que lui. Il ne restait plus que toi dans cette belle lumière chaude. C'est comme si vous vous teniez par la main en vous regardant dans les yeux pour vous dire de beaux secrets. Je crois que vous avez joué ensemble aussi car j'ai entendu des éclats de rire. Le bonheur en effluves parfumées se répandait partout. On dirait qu'une action de grâces remplissait toute la vallée comme un panier de beaux fruits et s'élevait jusqu'au sommet de la montagne.

Moi, assis un peu plus loin, j'ai fermé les yeux et essayé de sentir ce que vous viviez. Vous sembliez si heureux, toi et ton frère! Un peu plus tard, il est revenu vers moi et m'a dit un secret pour toi.

Il m'a dit que s'il était parti, c'était un accident. Bien oui, c'est la faute d'un oiseau. Tu te souviens comme il faisait froid ce soir-là?... Eh bien, un oiseau complètement gelé a perdu son contrôle et l'a frappé en passant. François qui était alors distrait est parti avec l'oiseau. Il ne le voulait pas vraiment. C'est une distraction. Je suis certain que François a été le premier surpris de se retrouver au paradis, parce que tu sais que les oiseaux mènent au paradis. Tu connais peut-être le petit oiseau de toutes les couleurs?...

Puis, maintenant, il ne veut plus revenir parce qu'il est tellement heureux et qu'il peut t'aimer tellement plus qu'avant. Toi et ta soeur. Il sait qu'il peut vous aider tellement mieux là où il est! Puis aussi, qu'il se sent tellement bien et libre!...: il ne faut pas lui en vouloir, tu sais.

Ensuite, il m'a dit qu'il voulait venir te voir souvent. Il suffit que tu fermes les yeux et ouvres ton coeur. François va te parler au-delà du silence. C'est à ton coeur qu'il sourira. Le soir, avant de t'endormir, appelle-le tout bas. Dis-lui de venir se coucher près de toi, de veiller sur ton sommeil comme un bel ange gardien. Alors, il viendra dans tes rêves te dire de merveilleux secrets. Et la preuve qu'il sera venu, c'est quand tu te réveilleras: une douce chaleur t'envahira. Tu te sentiras tellement reposé! Tu sentiras encore la sensation si douce de sa caresse à ton coeur.

Ce sera ton secret. Un grand amour d'un

beau petit garçon courageux pour son si beau grand frère parti dans un pays merveilleux.

Ferme tes yeux, Alain, appelle François pour t'aider à dormir et tu verras en te réveillant comme tu seras heureux. Dors bien, Alain. Bonne nuit!

Michel

Pour la deuxième fois, Guy ne vient pas me rejoindre au chemin pour la marche du soir.

Le silence n'est pas triste parent de la solitude, mais instrument de lucidité. Il aiguise la conscience, ne l'aigrit pas. Comme la solitude qui peuple de présences chaudes et chaleureuses, au contraire de l'isolement qui vide et assèche le coeur. La solitude affûte la conscience, aiguise la prise de conscience, coupe des arêtes claires et précises, ouvre des espaces où se meut et se donne une vie insoupçonnée des superficiels. Ceux-ci fuient le silence tambour battant pour se noyer dans le bruit qui les éloigne d'eux-mêmes. Le bruit est la porte de sortie des faibles; le silence, la porte d'entrée des forts.

Il faut que je maîtrise mon silence, ma solitude. Pour ne pas devenir isolement, hébétude. Le silence atteint sa plénitude dans la densité muette d'une présence ou la force d'un sentiment débordant. Ce que je ressens avec Guy.

Je participe de plus en plus aux travaux de la ferme. J'aide Guy, mon ami, plusieurs heures par jour maintenant. Chaque fois que j'arrive, son visage s'éclaire, ses yeux deviennent habités. On dirait deux nids d'hirondelles remplis de petits que les parents ont nourris à grands rayons de soleil.

Même s'il n'a pas besoin de moi, notre plaisir, c'est d'être ensemble. Je m'accroche sur l'essieu du tracteur, une main sur son aile et l'autre sur l'épaule de Guy. Puis écoute ronronner son coeur.

– Justement, je m'ennuyais un peu.

– Tu me fais bien plaisir mon ami.

Il me parle de ses plans, du champ à finir, des moissons à venir. Me transmet ses espoirs, partage ses projets.

– S'il fait beau, la première récolte de foin sera bientôt terminée.

Pour moi, il fait toujours beau depuis quelques semaines. Même s'il pleut parfois, Guy brille de tous ses feux. Je les sens à ses mots plus chauds à décrire ses travaux. Je les sens, je le sens quand il se détourne pour cacher son plaisir devant le mien qui rutile. Quand il se penche à la table pour voiler son émotion et me dire:

– C'est encore meilleur qu'hier.

Je te sens, Guy, planter tes piquets près de mon champ, t'enligner, figurer la largeur du fossé, te demander si demain tu le traverseras. Je te vois venir. J'aime ta délicatesse, ton respect de mon souvenir. Guy, je te sens, je sens battre ton coeur tout près du mien. Tu es mon meilleur médecin... Asclépios!

La vie est longue, le bonheur simple, la joie fugace. Pourquoi s'arrêter en cours de route? Guy, je t'ai pris par la main et t'ai dit mon refrain. Tu l'as écouté et répété quelques notes. Nous avons ri. La côte est longue à remonter, mais le soleil en haut nous invite, toi à mes côtés, et en bas, une trop grande douleur pour être racontée.

Je veux progresser, pas à pas, jusqu'au bout du chemin, pagée par pagée jusqu'à la vieille clôture, ivre de tempêtes, qui titube au bout de mon champ. Toi à mes côtés. Tous les jours à ma fenêtre, le soleil me réchauffe. Tous les soirs, sur la route, ton coeur prend la relève. Je serre ta main, je palpe ton bras. Ma main sur ton épaule, je sonde ton pays, ta vie, ton bonheur. Je sais à quel niveau palpite ton coeur, de quelles bontés tu es capable. Depuis que tu m'as sauvé la vie, mon coeur reste à l'attention à la porte de ton coeur.

J'ai mis dans ta poitrine large et bien campée, ta poitrine généreuse et bien aérée, ta poitrine gonflée de bonté, j'ai mis un précieux trésor: ma confiance. Tu as mon espérance. Je me suis mis nu devant toi. Je t'ai confié ma faiblesse. Tu pouvais me détruire, me réduire à néant. Et tu m'as donné la vie, Guy.

Je voudrais baiser de mes doigts chacun des pores de ta peau tout au long de ce voyage m'en allant vers toi. Je voudrais te rejoindre pour te tenir en ma bouche, t'avaler, très lentement, délicatement, pour que si peu t'en rendes compte. T'y habituer. Ta tête dans mon coeur, frisée, fraîche, toi, et je n'aurai plus besoin de mon coeur: tu seras là.

Plusieurs jours après mon odyssée avec François et Jonathan, je suis encore sous le charme. J'en profite pour réfléchir sur ma vie, son sens. Mon passé, ses échecs. Mon présent, sa volonté.

Faire le point, quoi.

J'avance dans la vie, sonde la route, regarde le paysage, ausculte les carrefours. J'accepte d'être en marche, en désinstallation, tendu vers l'avant, en recherche d'un équilibre toujours rompu à chaque nouveau pas risqué. Je préfère le faux pas, même la mauvaise direction au conformisme bêlant, à la sécurité sécurisante de l'installé assis et rassis. Je préfère l'ambiguïté, l'inquiétude, la recherche de la vérité plutôt que sa possession tranquille. Je préfère la confiance mutuelle à la suspicion, l'admiration à l'indifférence, l'authenticité au conformisme, la personne aux structures, l'enthousiasme au défaitisme. Je préfère avancer plutôt que sécher.

Je m'attache à tous ces malheureux, ces mal-aimés, ces mal foutus. Ce ne sont pas les fils et filles à papa, riches, intelligents, avec des relations...! Non. Ce sont les malheureux, les faibles, les victimes du système. C'était pour leur ressembler que je devais être dépouillé comme eux, flagellé.

J'ai passé ma vie avec les plus démunis, les plus pauvres, les plus moi peut-être, en fin de compte. C'est mon handicap. Je pars toujours loin derrière les autres, mais je finis par les rattraper... parce que j'ai beaucoup aimé ou beaucoup souffert. Avec François, ce fut comme une naissance, une renaissance. J'ai mis au monde un enfant balloté, moqué. Je me suis vu renaître pour la première fois. ...Et il est mort. Un bonheur mort-né. J'ai de la peine comme devant toute injustice.

J'avais mis tant d'années à me fignoler une statue raffinée, parfaite sous tous ses angles, rutilante. Ma réputation. Et on l'a jetée par terre. Brisée. L'idole abattue, j'étais désemparé: nu chez les puritains, gigot chez les affamés. Je fus immolé, dévoré. Mes vêtements furent déchirés par ce blasphème. Je fis scandale, je fus scandale. Mais je n'ai jamais été à la hauteur des crimes qu'on m'a imputés.

Ma statue tombée, je ne savais plus à quel saint me vouer. Je suis resté prosterné devant un piedestal. C'est dur pour la foi! On ne détruit pas le temple d'une réputation pour le rebâtir en trois jours! Détruire une image n'est pas détruire l'idolâtrie. Je m'acharnais à scruter le vide, à voir l'invisible. Ça vous force une vue! Puis bof!... à quoi bon?... Ces débris ne me diront plus jamais rien... depuis le temps que je les ausculte. C'est une idole de moins. Il m'en reste certainement encore beaucoup d'autres... Je considère cette expérience comme un enrichissement. Ça me fera un diplôme de plus: une licence en pied ès-stalle à l'Université de l'Adversité. Du Recteur magnifique: Moi-même!

C'est au niveau intellectuel que je me situe, non au niveau de l'image, de l'image qu'on s'est faite de moi. Tellement de gens me prennent à partir d'une image, de l'image fabriquée de main d'homme, dirait la Bible. Les images, c'est pour les faibles qui ont besoin de sécurité, les superficiels qui se nourrissent de facilités. Mes vrais amis ne se laisseront pas impressionner par un bruit de pierres qui dégringolent d'un piedestal. Les images, c'est pour cacher des murs salis, des trous dans des parois pourries; c'est pour apprivoiser ce qui nous inquiète, ce qui nous dépasse. Les images, c'est une idole en bois pour domestiquer des puissances qui nous échappent; c'est une marque de religiosité naturelle, non de foi. Les images, c'est une marginalisation intellectuelle; et quand on a mis

213

quelqu'un dans la marge (qu'on en a fait un objet à sa mesure), on peut lui élever un tribunal et le juger selon nos propres faiblesses.

Combien d'exemples avons-nous de groupements politiques ou religieux qui chargeaient une personne ou un animal de tous leurs péchés, puis le chassaient au désert pour qu'il soit dévoré ou périsse dans d'affreuses souffrances, ou bien qu'ils l'immolaient tout simplement afin que la victime expie leurs propres fautes. Les images, c'est une idéalisation, c'est une vue de l'esprit. La réalité est habituellement beaucoup plus nuancée. C'est de l'anthropomorphisme religieux, de l'anthropomorphisme intellectuel. Des images et de la peste, délivrez-nous, Seigneur!

Par ces notes, j'ai semé de pierres blanches, comme dirait le Petit Poucet, mon itinéraire intérieur. Quand je reviens en arrière, je me retrouve, «je me souviens», comme me dit ma cicatrice. Je mesure ainsi le chemin parcouru, identifie les ombres qui m'ont apeuré, les bruits qui m'ont surpris.

Toute la vie n'est qu'une longue démystification ponctuée de chutes de statues. Quel gaspillage de pierres! Si on les utilisait davantage pour marquer des itinéraires et qu'on multipliait les retours réflexifs, on économiserait beaucoup sur l'idolâtrie et le stress, comme dirait le Dr Seyle. Et comme je dirais moi-même: Ouf! que ça fait du bien!...

Insatiable. Comme un immense aspirateur, j'attire tout pour le goûter, le jouir, le vivre. Il me faut TOUT! Même dans les moments de saveur tranquille, je me débats pour du toujours PLUS.

Omnivore, insatiable, INDIGESTE. Je manque d'air. La raréfaction subie me pousse à l'excès, à la peur de l'asphyxie. Toujours plus, toujours TROP. Indigeste. Quelqu'un que je ne connais pas? Non. Il faut que j'apprivoise. Le loup a peur du prédateur, le voleur du voleur. Moi, j'ai peur à l'essentiel. Tout a été si ravagé. A l'intérieur. Mon essentiel est si fragile.

Bonne conscience ou mauvaise conscience?... Bah! l'important, c'est d'avoir conscience. Ces jugements et ces morales changeantes avec les époques ne favorisent que l'inconscience.

L'interdit me fascine et m'attire comme l'aimant. L'interdit fascine toujours l'homme libre. L'INTERDIT, quel appel! quel fabuleux trésor! Aucun coureur de bois, aucun esprit sauvage ne peut résister à l'Interdit. INTER-DIT: dire entre, entre deux, entre Initiés. Et pour être Initié, il faut sauter, sauter les barrières, sauter les interdits: plonger. Et ne plonge pas qui veut; pas pour les frileux. Il faut être témoin, prophète, un peu fou. C'est le propre des imbéciles heureux. (Guy, sautons, dansons, et au matin, le diable nous emportera. Perdus de réputation, mais libres et heureux!).

Presque toute la journée, en ce beau mois de juin, j'ai travaillé à couper le foin, la luzerne odorante. Et ce soir, suis encore seul pour ma promenade. Je me sens triste. Suis-je encore si fragile?

Mes pensées s'accrochent au bord du chemin. Tiens, un lys flétri, odeur fétide. Je veux être un bon gazon, discrète beauté qui sourit à ton âme qui passe, François. Je veux être comme ce foin qui embaume en mourant. Parfum suprême, griserie sublime qui saisit tout le corps et recueille toute l'âme dans la coupe des choses simples. C'est le chant du soir qui enivre le chemin, la vesprée enchantée qui élève au-dessus du complexe dans le noir velours qui caresse. L'ultime odeur d'un champ séchant, c'est le rêve d'un espoir, l'odeur de la mort parce qu'un beau jour, un beau matin, enfin le foin va servir: je te reverrai. Après avoir nourri de mélodies toute une saison, le foin se courbe sagement sous le doigt qui le fauche, parfume la main qui le blesse et le soir qu'il embaume. Tout mon corps fourrageant dans la bonne odeur du foin fraîchement coupé, tout mon coeur auscultant chacune des étoiles toutes proches que toute mon âme habite aussitôt, j'espère l'espoir d'une riche et prochaine moisson. François, à bientôt!

Et redépose le souvenir de mon ami aux replis de ma mémoire.

Ce Grand Soir de mars – mes Ides à moi – Guy a senti que je partais... Il est revenu. Il m'a toujours deviné, prévenu. Contrepoids. M'a encore pris dans ses bras, dans son coeur. Il m'aura donc tout donné! Conduit à l'hôpital et partagé mon combat. Toute la nuit. Comme Jacob avec son ange. Au matin, le soleil s'est levé sur un estomac lavé, mais un coeur encore plus meurtri, un esprit incertain. Sans dormir, il a trimé toute la journée chez moi pour tout aérer, nettoyer, réparer, embellir. Il fallait chasser toute odeur impure, tout esprit malfaisant. La maison reluisait de propreté. Même les trous dans la cour avaient été bouchés, remplis de gravier. Il chassait les démons.

– L'hiver est fini! Bien fini!... qu'il m'a dit en accompagnant mon retour. Traverse le chemin, on va voir les animaux à l'étable.

Même l'étable avait été aérée. Les toiles d'araignées (elles me font toujours penser à Madame Labrecque), arrachées. Les vaches et le cheval étrillés. Un petit veau venait de naître. Six petits cochons. Et un rayon de soleil traversait la fenêtre. Me suis approché du cheval, l'ai caressé. En même temps, sur l'épaule de Guy ma tête ai posée. Une faiblesse de ce côté.

On a encore du foin et de la paille jusqu'au pacage. Cinq petits veaux à venir et beaucoup de plaisir toute une saison. Le soleil s'est promis.

Dire merci n'aurait rien signifié devant toutes mes émotions. Ai serré sa main. En revenant, il m'a dirigé vers le puits. Les deux gobelets écaillés maintenant accrochés à la margelle nous invitaient... Guy a saisi le bras de la pompe, moi le sien. A rempli un gobelet, me l'a donné. Puis a rempli le sien.

Michel, à notre santé, notre joie, notre vie.

Embarrassé, j'ai répondu:

– Merci.

Que dire d'autre?... Nous avons bu quelques gorgées.

Guy, à toute la reconnaissance que je ne peux exprimer...

Encore quelques gorgées. Et sur la margelle où François appuyait sa main, lentement, comme un rite sacré, une liturgie, ai versé l'eau d'un printemps nouveau, hommage à mon ami. Guy m'a imité.

– C'était mon ami aussi.

Et j'ai pleuré. M'a pris par la main.

– Guy, je ne pourrai jamais te rendre ce que tu m'as donné. Comme à François, je te devrai tout.

– Rentrons.

Au bas de la porte, hésitant:

Michel,... j'aimerais entrer avec toi comme on est sorti, la dernière fois.

– ...

Il a ouvert la porte, m'a pris délicatement dans ses bras, sur lui, très fort m'a serré, puis est entré. Dans la cuisine, a pivoté   sur lui-même afin que j'y voie le changement, de même dans la salle à manger. Dans la chambre, avec précaution, sur le lit m'a déposé. A fait le tour, est allé s'étendre à la place de François. Sur le dos tous les deux, main dans la main, regardant au-delà de la maison:

– Michel, maintenant tu n'es plus seul. Un grand ami ne se remplace pas. Mais un petit ami s'offre à toi. J'ai pris plaisir à préparer ton nid. J'ai tenu chaude ta place. Je t'ai tenu dans ma main. J'ai appris à t'aimer. C'est par toi que je veux être fidèle à François. ...Je te demanderais de ne plus me faire de la peine comme tu l'as fait. ...Tu devrais me comprendre, toi qui as vécu la mort d'un ami.

Dans ma tête, tout se bousculait, surtout dans mon coeur. De grandes bourrasques parfumées soulevaient mes feuilles mortes dans un grand nuage de poussière et les basculaient au bout de mon champ là-bas. S'enfuyaient, en tourbillonnant, chassées par un souffle puissant. Mon gazon se retrouvait nettoyé, asséché, prêt à reverdir. Mon champ, prêt à s'offrir. Les couleurs, les fleurs ne pouvaient plus se retenir. La sève, les bourgeons s'impatientaient au bout des rameaux. Les oiseaux arrondissaient leurs nids. Des parfums agressifs s'imposaient partout. Atmosphère d'odeurs, de chaleur, de chants multicolores. A mon oeil gauche, quelques larmes. GUY. Mon Beethoven. Mon archet, ma musique. Mon eau vive, mon printemps, mes parfums. Mes oiseaux, mon souvenir, mes soupirs. Mon coeur, ma joie. Ma vie. GUY.

Il a fini par se soulever, s'appuyer sur son coude, me regarder tendrement, et à l'occasion, essuyer les larmes sur mes joues de ses beaux gros doigts rugueux.

– Excuse-moi de ne pouvoir... Je ne trouve pas..., balbutiais-je.

– L'essentiel a été dit.

Et il a ajouté, entrecoupant ses phrases pour me laisser le temps de le rattraper:

– Bouger, Monsieur, vous ferait du bien. Si on allait à la cuisine prendre un café... Appuyez-vous sur moi...

– ...Mais c'est ce que tu m'as dit quand je me suis soûlé... à la mort de François!

– Buvez encore un peu, Monsieur...

Il m'a fait un clin d'oeil et nous avons ri. On s'est rendu à la cuisine se tenant par la taille.

Le printemps sera beau, Michel. Qu'en penses-tu?

– S'il est comme toi...

Ce retour d'hôpital, fin mars, n'ai pu l'écrire avant aujourd'hui: trop chargé d'émotions. Je n'écris que selon mes moyens depuis «mon retour». Quand mon coeur peut suffire.

Tout est en demi-teintes, demi-tons, demi-silences, demi-soupirs. Tout est en douceurs et chuchotements. Tout est voilé, très doux. On sent la caresse du vent, la douceur du soleil. On se le dit avec les yeux, je touche maintenant son bras. J'ai commencé par la main que je serrais pour lui dire merci. Si la mienne était là, c'était grâce à la sienne. Quand je la serrais, il serrait doucement mes doigts comme un ami qui ressent, reconnaît. Dès qu'il desserrait un peu, je retirais ma main par respect... tout en parlant des foins à finir, du nouveau petit veau, des petits cochons qui engraissaient, des poules à nourrir. Ensuite, ai dit ma reconnaissance à main étendue sur son avant-bras. Il était gonflé de force.

— Merci pour tout. Merci pour moi. Merci pour lui.

— Ce n'est rien, Michel. François était mon ami et il aurait aimé que j'agisse ainsi. François est toujours mon ami et il est content que je sois ici.

— Tu m'as porté comme un enfant malade, tu as veillé sur ma douleur. Penché sur ma plaie, en as protégé les abords. Aujourd'hui, tu caresses ma cicatrice quand tu permets ma main sur ta main. Tu me partages ton oxygène quand je serre ton bras. Ta simplicité, ta bonté, ton accueil nourrissent mon âme, réchauffent mon coeur. ...Une chance que tu es là!

— Toi aussi, une chance que tu es là. Je n'aurais pu perdre deux amis, la même année.

Le foyer de ses yeux crépitait comme un bon feu de bois. Une belle flambée de lumière douce, chaude, caressante comme un ciel chargé d'étoiles par une belle nuit d'été. Ému, je me suis levé, l'ai serré dans mes bras et mes lèvres ont rejoint son cou. Chaud. Si doux. Humble caresse, humble appel. Une lèvre pour François, une lèvre pour Guy. Entre les deux, un souffle de vie comme un hommage. Un merci.

– Je te dois trop, Guy.

– Moi, j'ai été heureux. Pourquoi se poser des questions?

– ... Oui, bien sûr, mais jamais je ne pourrai te rendre le coeur que tu m'as donné, la vie que tu m'as sauvée... Et t'occuper de tout ici, comme si c'était à toi...

– Si tu savais, Michel, comme j'aime travailler avec toi. Je me sens libre, responsable, je prends de l'expérience. J'ai l'impression de sauver une terre ...et un homme. C'est merveilleux, Michel, et c'est à toi que je le dois.

– Mais c'est moi qui te dois tout!...

– Si on est bien ensemble, pourquoi ne pas continuer?...

Sa logique n'était jamais explosive, revendicatrice, pécuniaire. Le salaire entendu lui suffisait, il tirait profit de son expérience, il...: je pense qu'on s'aimait bien. ...Une bonne paire d'amis! En effet, pourquoi ne pas continuer?

Le lendemain après souper, de but en blanc, Guy me dit le plus simplement du monde:

– J'ai demandé à mes parents pour rester un bout de temps avec toi. Ils sont tout à fait d'accord. Je pourrais coucher dans la petite chambre...

Très surpris mais heureux, ne sachant trop que dire:

– Guy, tu me gâtes! C'est presque trop beau. Mais j'y pense: François s'est heurté au regard de ses parents. Qu'en sera-t-il de toi?

– On en a parlé ensemble. Ils sont même allés voir un psychologue pour se rassurer. Que la nature suive son cours, qu'ils m'ont dit au retour. La liberté libère, les expériences reculent les horizons. Il faut connaître pour choisir librement.

Après une pause:

– Mes parents te connaissent. Ils reconnaissent ta droiture, ton respect, tes réserves d'affection. Ta tendresse. Avec toi, ils me savent plus en sécurité que dans la clandestinité. Mes parents ont appris eux aussi à t'aimer.

– Mais tu as des parents extraordinaires!...

– Nous sommes heureux ensemble.

– Chanceux!

– J'ai fait quelques expériences, je me suis permis quelques aventures. Mais pas suffisantes pour me faire une idée. Je crois qu'il me manque encore quelque chose. Quelqu'un.

Bien sûr, ce ne sont pas deux adolescents isolés, défiant une fois les interdits, qui découvrent la couleur de leur être.

– Je te félicite pour ce que tu es, ton équilibre, ta personnalité. Je suis heureux pour toi d'avoir de tels parents. Je suis heureux d'apprendre qu'il existe des parents aussi respectueux de la vie, de la liberté et du bonheur de leurs enfants. Ils me réconcilient avec la vie.

Puis un soir, dans la grande chambre, porte et fenêtres ouvertes, comme celle du Petit Roi, nous avons consommé un royal festin, d'autant plus savoureux que longtemps désiré. Toutes ces émotions m'ont définitivement planté dans la vie. Dans ce champ de ma joie que je marchais, saluant chacune des tiges de blé, actuelles et futures, où, la nuit, s'amusait François, j'ai offert les prémices de la moisson au plus merveilleux moissonneur qui engrangeait déjà mes plaisirs de la forte saison. Quel grenier avons-nous rempli! Pour au moins sept années de vaches maigres, ... en une seule nuit. A la fin, je lui ai dit, sourire en coin:

– Buvez encore un peu, Monsieur.

Nous avons ri jusqu'au matin.

Je crois que c'est ainsi que naissent les étoiles.

C'est la queste de mon amour perdu. Puis un jour, Guy a fleuri. J'ai cueilli dans mon coeur chacun de ses pétales à mesure qu'ils s'offraient. J'y suis revenu si souvent, j'y ai passé tellement d'heures à le regarder, le désirer, l'aimer! On me voyait comme un rosier: un ensemble de belles feuilles vertes et de branches épineuses. Guy était ma fleur et j'étais son odeur ...en rêvant à ma rose et au soleil intérieur.

Sur la route, suis parti à grande course, l'ai attrappée par un pétale. Elle m'a parlé d'un ton ferme, mais délicat. Je lui ai conté fleurette. Son pollen en fut tout remué. Le pétale que j'avais secoué semblait agité d'un tic nerveux. Les étamines, toutes droites, affairées, avec un sérieux d'alchimiste, brassaient un tel nectar que ma fleur en a rougi. Le soleil l'entourant, dans ses parfums les plus purs agitait ses rayons. Il posa bientôt sur ses lèvres mouillées un baiser si brûlant que les oiseaux le sifflèrent. Par des feux entreprenants excitée, la fleur s'étalait maintenant sur le lit de l'aurore.

Ai retroussé très lentement et à plusieurs reprises, avec un train de tendresses, amoureusement, son unique petit bas vert. Elle a haussé sa corolle comme pour m'offrir un toast sur son pied d'émeraude. Nous avons trinqué. Elle a sauté à mon cou. Ses racines ont plongé dans mon coeur et ses pétales se sont déployées en collerette. Je ressemble à ma fleur. C'est depuis ce temps qu'on distille le même parfum.

On partage aussi les mêmes émotions et les mêmes secrets. Je sais de quelle fleur elle a envie quand je passe sur le chemin; elle partage mon émoi quand je rencontre un beau passant. Parfois, je la laisse aller jouer dans l'herbe; elle aime tant la visite de quelques abeilles. Leurs dards ne la piquent jamais, mais ils lui font tant de bien! qu'elle me dit... J'en profite, pendant ses escapades, pour me rouler sous un vieux chêne, –j'aime tellement leurs glands – ou près d'un beau jeune érable plein de sève.

Quand nous nous retrouvons, il me semble que nous sommes encore mieux ensemble. Souvent, je dois lui enlever un chardon resté pris sur sa tige. S'il la blesse, sa piqûre me blesse aussi. De son côté, elle me chuchotte, amusée, que je suis un peu trop dépeigné pour une journée sans vent. Ou que j'ai encore une épine d'épinette collée au front. Même quand je reviens avec une belle verge d'or derrière l'oreille, elle ne s'offusque pas. Elle sait que j'aime les fleurs, toutes les fleurs et elle n'est pas jalouse. Seulement, peut-être qu'elle lisse davantage sa corolle et distille encore un plus doux parfum.

Je crois qu'on s'aime bien et qu'on est heureux ensemble.

Quand j'emprunte des chemins qu'elle n'approuve pas, je sens un pincement au coeur: une de ses radicelles semble s'arracher et me fait très mal. Je m'arrête aussitôt et me tourne vers le soleil ou un point d'eau. Elle est devenue un peu ma boussole, ma conscience: elle me parle avec des fleurs. C'est tellement plus gentil qu'un Bonhomme Sept Heures! Elle est devenue mon cadran solaire: elle ne parle que de soleil, d'un bain d'aurore le matin, du soleil qui chante à midi et qui rit à l'horizon.

C'est ma fleur, ma petite fleur, accrochée à mon cou et plantée en mon coeur.

L'autre jour, pendant que je l'avais laissée avec ses amis, un gros bourdon est venu lui faire la cour. La pauvre petite était penchée presque jusqu'à terre, au bord de la panique, blême et humiliée. Je l'ai prise aussitôt comme d'habitude, mais le bourdon m'a piqué. Cette blessure lui a fait très mal. Elle m'a serrée si fort que j'ai cru qu'elle en briserait le vase de ses parfums. Je lui ai expliqué que c'était bien normal que je lui donne un coup de main ou même que je souffre un peu, parfois pour elle. Elle m'apportait beaucoup de son côté.

– Depuis que je te connais, mes amis disent que je sens le parfum, que je rayonne de joie. C'est précieux ça, que je lui ai expliqué.

Elle a continué à me serrer affectueusement, puis elle s'est endormie. J'ai replacé quelques feuilles, soufflé une poussière, chassé une petite mouche et l'ai regardée. Je l'ai admirée longtemps avant de m'endormir moi-même. Je n'osais pas bouger ni la caresser de peur de la réveiller. Quelle merveilleuse petite fleur!

Parfois, quand je la laisse seule, je m'éloigne et monte sur un rocher pour l'admirer de loin. Je la regarde s'ébattre, courir dans le champ, frôler les grandes herbes, concurrencer les oiseaux-mouches, surprendre les abeilles. Elle joue avec ses amis:... je l'ai vue coiffée d'un papillon, rouler les hanches, gonfler les fesses... Elle faisait sa grande. Quelle merveilleuse petite fleur! Avoir une fleur comme ami, c'est féérique!

Guy, merci!

Guy, fontaine de mon petit village. On vient à lui, l'entoure, sonde, chacun désirant l'apaisement de sa soif. Autour de lui, un remous continuel, un va-et-vient des coeurs. Il s'en rend compte à peine. Jamais de provocation. Simplicité d'abord et avant tout. Refus avec un beau sourire coloré d'une petite gêne qui ne déplait pas. Il ne se répand pas à gauche et à droite comme une eau de marécage. Je suis certain que ceux qu'il accueille deviennent les élus d'un royaume qu'ils n'oublieront jamais. Il a choisi de couler sur mes terres qu'il féconde. Il coule près de moi comme source fraîche qui court joyeusement sur son lit de pierres et laisse quelques gouttes frétillantes dans la main qui se penche pour goûter sa fraîcheur. Je me sens indigne des caresses et largesses qu'il prodigue.

Ton eau jaillissante en milliers de gouttelettes s'élance sur la portée de ma musique. Les plus
osées s'accrochent tout en haut sur la ligne du MI.
Douce capillarité, fraîche caresse. Beaucoup étendues sur le DO, miroitent au soleil, jonglerie de
rayons. D'autres hésitantes, sur les lignes s'accrochent, se détendent, s'étirent et choisissent. Elles
se donnent la main, s'échangent des rayons,
sourient au matin. Elles coulent en rosée, s'écou-
lent en harmoniques, s'appellent, se caressent et se
fondent. Elles dégoulinent, se taquinent, s'amusent,
s'unissent, se séparent. Un rideau mouvant d'eau
jaillissant, toujours renouvelé, vivant. Sautillantes,
dansantes, se regardent de leur ligne, se partagent
leur espace. En coulant leurs notes, multiplient
leurs vocalises, pratiquent leurs instruments, se mettent d'accord. S'essaient sur un ton, hésitent sur une
clé. Tiens, une gouttelette vient tout juste de
rejoindre le FA, tout en haut: elle chante très fort
son exploit et regarde les autres de haut. Plusieurs
sur leur MI s'agitent quelque peu, gonflent la
poitrine et dégoulinent sous leur poids tout le long
de la portée. Elles s'accrochent si peu, hésitent,
lancent quelques cris joyeux, appellent les autres, les
saluent au passage dans leur glissade d'eau.
Plusieurs se laissent tenter: c'est une symphonie de
gouttelettes de fraîcheur qui chantent en harmonie
jusqu'au bas de l'arc-en-ciel de la musique... et
recommencent. Les plus grosses s'étirent sur le DO.
Davantage attirées, se sentent appelées, désirées. Si
on y allait LA. Et plouk, s'aplatissent sur la ligne, s'y
sentent à leur aise, emplissant tout l'espace, con-
fortables. Remuent peu, se pensent indispensables,
cherchent des rimes avec admirables. Leur son est
grave, frôle le SI, se contente d'un bémol. Parfois

discordantes mais toujours rafraîchissantes.

– Voudrais-tu boire toute la portée de musique avec moi?... Quel voyage on ferait!... Elles sont toutes gorgées de soleil, pénétrées de lumières, débordantes d'espaces à faire visiter. Je suis certain qu'on irait très loin, qu'on s'élèverait très haut avant de retomber sur nos pieds... sur le SOL. En gouttes de musique. Toutes ces teintes irisées, ces lumières multipliées, ce carroussel de tons qui monte et descend, se rencontre et se fond. Ce multiple de la grâce qui s'éloigne en chantant et revient en dansant. Je te prends par la main, t'ai promis un chemin. Viens! Comme goutte d'eau, refuse d'être harnaché. L'horizon nous appelle, l'harmonie nous détele. Viens! Sauvons-nous avant d'être happés. Notre lumière nous l'avons, le soleil nous la prête. Voguons jusqu'au bout de la ligne, buvons la portée, sautillons sur l'archet de la musique. En deux temps, trois mouvements. Puis la clé nous ouvrira d'autres horizons. Nous vois-tu, nous tenant par la main, mon bonheur s'enchantant près du tient, éclairant nos lendemains?... Viens avec moi au-delà de l'horizon, nous serons plus riches d'harmoniques. Viens!

Sortant ce matin de chez moi, t'ai vu par la porte de la musique. Un son très doux s'étira très loin, une étoile brillait au bout du chemin. Baguette magique. Jamais n'oublierai ton sourire, ta fierté devant le mien. Guy, ma Mélodie, laisse-moi t'aimer! Librement.

...et nous pétrissions ensemble, consciencieusement, miette par miette, de tout notre coeur, la blonde galette des bonheurs quotidiens. Aucune parcelle n'était oubliée, chaque bulle d'air exploitée, tous les gestes amples et généreux, répétés et savourés, préparaient à la levure qui ferait lever la pâte. La cuisson lente et à feu doux permettait à la saveur de se répandre partout, à une croûte très légère, dorée et savoureuse, de rendre encore plus croustillant notre repas. La chaleur pénétrait la mie avec une telle délicatesse de goût, de saveur, de douceur, que notre pain quotidien, concocté dans l'alcôve de nos coeurs réunis, valait bien celui du Notre Père qui es aux cieux, et cetera, Aum, Alleluia.

Terminé ce 1er avril 1986.
Mon père aurait eu 84 ans.

Table des matières

Achevé d'imprimer
ce 20e jour d'octobre 1986
sur les presses de l'imprimerie
Payette et Simms de St-Lambert.